U1012696

FLORET
READING

小花阅读

我们只写有爱的故事

青春阅读　幸得相见

大鱼

有爱的青春陪伴者

当初那个倔强的少年，
经过岁月的沉淀，
长成了她深爱的模样。

Taxiang Feng
Yiyang Ziyou

他像风一样自由

子非鱼
著

ZIFEIYU
WORKS

贵州出版集团
贵州人民出版社

·作者简介·

子非鱼

| 小 花 阅 读 签 约 作 者 |

一个努力抓住 90 后尾巴的小姐姐。
喜欢万物复苏的春天，希望未来生活在昆明。
文字是信仰，不求日行千里，只求来日方长。

代表作：《请别忘记我》《他曾暖过一季春风》《喂，给你我的小心心》《是小哥哥他先动的心》《你有一份初恋请签收》

目　录

Contents

第一章
我不是你要找的许小姐

蜿蜒陡峭的盘山公路，一眼望过去，全是令人头皮发麻、看不见尽头的弯道。

一辆十分普通的白色面包车猛地急转，想要甩开身后跟着的那辆军绿色越野车。

天阴沉沉的，雨要下不下。凄厉的风在窗外疯狂拍打叫喊，震得人耳朵和脑袋嗡嗡作响。

越野车紧跟不放，稳稳当当地追着，眼看就要够到面包车车尾。

面包车的车牌上溅满泥水，已经干涸了，有意无意地挡住了车牌上的几个数字。

让人查也没法查。

“老大，怎么办？”

“那小子阴魂不散，忒难缠，追了一路了！”

说话的人是个光头，油亮黑黄的脑门上布着一条恐怖的疤痕。他咬牙切齿又紧张非常，握着方向盘的手暴起青筋，一面要注意曲折的路况，一面还要紧盯后视镜里追来的人。

被称为“老大”的男人坐在副驾驶位置上，同样十分恼怒，张嘴就开骂：“楚路这个孙子，胆儿比土里那些个地虫还小，警察来了跑得比谁都快，老子真替他害臊！也不知道坤爷到底看中他哪一点……”

男人是个独眼，皮肤棕黄，右眼戴着一块黑色眼罩，满脸写着凶恶。

他怀里还紧紧抱着一件物什，不大，看着像个花瓶。这物什被一块大红绸布包裹，凸起的边角十分奇怪。

独眼回头看了眼依旧穷追不舍的越野，狠狠啐了一口说：“没吃饭吗？开快点！”

光头苦着脸大喊：“老大，已经是最快了！”

几句话的时间，身后的越野车像是终于被他们一路逃窜的态度给磨得没了耐心，一踩油门“砰”地撞上了他们的车尾。

光头和独眼两人在座椅上都随着车身一震，对视一眼，都看到了对方眼底的震惊——

陆岩这小子是真不要命了！

这段盘山公路坡陡弯多，公路一侧全是石壁，一侧靠崖，稍不小心就会尸骨无存，他居然敢在这样的地方撞车？

然而他们并没有多少思考的时间，因为越野再一次撞了上来！

“砰——”

“砰砰——”

面包车尾已经凹陷了一块。

越野车是经过改装的，性能十分强大，这样连续的撞击也没有给它造成什么可视伤害。

陆岩坐在驾驶座，两腿绷直，手握方向盘，视线死死盯着前方。在这样的路上，他不敢分一点心。

他嘴唇很薄，唇色很淡，又绷得很紧，几乎成了一条直线。冷峻的脸上一丝表情也没有，严肃得显得有些刻薄，略微发黄的白短袖下露出两条麦色胳膊，胳膊上的肌肉紧实有力。

这时，一直紧逼的面包车猛然一个加速，快速冲向前方的人造拱门。

陆岩眼神更深，咬牙吐出一句“找死”，接着降下两侧车窗，一大股风猛灌进来，呜呜地响，像在唱一首悲壮的战歌。

陆岩脚踩油门，往前冲，追上去跟面包车刮擦着持平。

陆岩左打方向盘，想把面包车逼停。

这里路面并不宽，两车平行，只剩下不到一尺宽距离。

面包车被迫撞了好几下山壁，哐当震得光头两耳生疼，泥土和碎石劈头盖脸砸下来，得亏他窗户关得严实才没砸到身上。

独眼盯着身侧的越野车，透过车窗，正好看见陆岩的侧脸。他下意识抱紧怀里的东西，大吼道：“撞开它！那小子不敢跟我们硬来！”

光头立刻将方向盘往右打。

的确。右侧是悬崖，陆岩确实不敢跟他们硬碰硬，毕竟他要是掉下去，不死也得残。

面包车一发力,越野就控制不住地要往护栏上撞。陆岩面色一凝，只能稍微降下车速。但只是这一下，陆岩又立即开车紧追。

直到驶下盘山公路，视线所及一片开阔，陆岩才疯了似的去堵截那辆面包车。

这条路右侧依旧是断崖，只不过不高，左侧是低矮的树林。

眼看着局面越来越不利，独眼脑袋突然灵光一闪，立即从两座中央的空隙爬到了后排，从座椅缝中摸出一把轻巧便携的弩弓。

这把弩不是现代的弩箭枪，周身布满锈迹，已经有些年头了。

“哥？”光头不解地看他。

“开你的车！”独眼把弩箭架在手上，摇下车窗，对准越野车驾驶座上的男人。

越野车即将超越面包车，陆岩正准备将车横过去拦住面包车的去路，忽然一支箭破空而来，他立即察觉到危险，放弃拦车，然后猛打方向盘，将面包车逼到了边上，偏开弩箭射过来的方向，可弩箭还是扎进了他左手小臂。

这种箭并不长，一端进入肉里，只剩下小半截露在外边，不好直接拔出来。

陆岩痛哼了一声，手臂上有温热的血流下来。

顾不得疼痛，他从打开的窗口跃进面包车里，把光头一脚踹出了驾驶位，偏头一看，红绸包裹的东西正躺在副驾上，他把东西拽了过来。

“没用的东西！”独眼骂了一句，直接从后座扑了上来掐住陆岩的脖子，那只完好的左眼像是要瞪出眼眶：“陆岩，你说咱们也算是老熟人了，干吗非要咬着我不放呢？”

陆岩嘴角扯出一抹冷笑，抓着他的双手就往前甩。两人加起来快四百斤的体重，使得本来就挨近悬崖的车头猛地前倾，半个前轮都腾空了。

陆岩也不顾左臂疼痛，冷笑着一拳头砸过去，砸得独眼嘴角渗出血丝："说话注意点儿，谁要跟你熟？别跟我乱攀关系！"

"行！陆岩！你好样儿的！"

独眼立即被激怒了，抡起拳头一拳擂在陆岩肚子上。

两人打在一起，巨大的冲力让面包车半个车身腾空，在崖上摇晃。

"老大！"

光头刚喊出声，面包车后排的左车窗里窜出一个人影。

"浑蛋！没抢回来！"独眼肿着脸、瘸着腿走了两步，手上全是血。

忽然，不远处传来尖锐的车鸣声。

"老大，警察来了！"光头立即道。

"废话！我看不见吗？"

"咱走吧！这点东西说不准坤爷也看不上眼，别被抓了！"

独眼定了两秒，左眼骨碌碌转了起来。

陆岩还在车内。

他阴阴一笑，喊道："陆岩，今天送你一程！"

他猛地退了几步，也不管瘸着的腿，助跑了一段，将全部力量都撞在车尾。

“砰——”

一声巨响过后，原本被陆岩勉强维持平稳的面包车瞬间又往前滑了一段，这下整个车头都往下冲去。

“哗——”

独眼右眼的眼罩在刚才打斗的时候丢了，一只混浊外凸的眼睛看起来格外吓人，他脸上却露出喜色：“咱们走！”

他话落不到两秒，面包车轰然坠崖，摔落在地的巨大声响传了过来。

独眼被光头扶着，回头看了一眼，高声道:“下辈子见吧陆队长！”

一分钟后，紧跟而来的一辆警车呼啦一声停下，从车上急急忙忙下来两个身材相差无几的人。

一个圆脸，一个戴副眼镜。

“岩哥！岩哥！你吱个声！”

“陆岩！岩哥！队长！你在哪儿？”

李子川围着陆岩那辆还停在原地的军绿越野车转了两圈，没找到人。

这时，崖边忽然传来声响，有人使劲丢上来一个红包裹。

这包裹落在地上时发出沉闷的声音，将地面砸出了凹陷，一看就知道很重。

一个低哑的声音从崖边传来："快，拉我一把！"

"岩哥！"宋银快步跑过去，果然找到了吊在半空的人。

陆岩攀着断崖的左手青筋暴起，他抓着一块陷入土里的石头，指尖上全是血，红得刺眼，顺着骨节分明的手指慢慢淌着。他整个人加一个包裹的重量全靠这一只手撑着，手臂肌肉紧绷，将小臂里的弩箭箭头生生给逼出了一点。

宋银立即道："川子，搭把手！"

李子川连忙跑来，两人一齐把人拽了上来。

陆岩受了伤，又拖着个几十斤的包裹，浑身力气差不多用尽了，躺在地上喘气。

李子川看着陆岩一身伤，一双眼都红了："岩哥，你这……"

陆岩勉强爬起来坐好，左手因为中箭，一用力就钻心地疼。

他随手抹了把嘴边血迹："没事，先看东西。"

宋银把包裹打开。

红绸布摊开，中间立着一尊鼎，青铜的，四足。鼎身上还雕了九条立体的、栩栩如生的龙，龙头在鼎口处，龙嘴朝外，口中都含着一颗铜珠。

这是出自商朝的文物，九龙鼎。

陆岩吐了口气，站起来："一会儿给警队送去，另外那伙人呢？"

宋银惭愧地低下头:“跟丢了,我已经通知市局的人去调监控了。”

陆岩就猜到是这个结果，估计监控也查不出什么来。

跟独眼接头的那伙人明显比独眼更加警惕，他们一出现，那伙人连包裹都不拿就立刻跑了。

不过总有一天，他们都会落网的。

体力恢复得差不多,陆岩转了转酸痛的脖子,发出“咔咔”两声响:“行了，其他事情交给市局，现在先想办法处理我这伤。”

他这身伤看着唬人，其实都是皮外伤，除了手臂那一块，其他的都不算什么。

宋银抬起他胳膊看了一眼，皱眉说：“这弩箭不好办，附近太荒也没有什么医院，咱们先去机场把医生接来吧？”

他们干文物保护这一行的，生活在最艰苦的地方，时不时就会受点伤，陆岩前不久向滨海市局李局长申请过要一个随行医生，今天医生也该到了。

陆岩看了眼天，很快要下雨了：“走吧。”

李子川开着那辆越野车，载着陆岩，宋银则负责把警车开回去，他们在半路遇到李局派来的警察，把九龙鼎和警车一并还了，宋银才重新坐回越野车上。

李子川边开车边吐槽：“独眼这孙子，真是见钱眼开，连省博物馆的展品都敢偷，啧……”

陆岩睁开眼睛，左臂搭在腿上，神色冷淡道："他应该是注意那尊九龙鼎很久了，没想到今天刚下手，就遇上我们来接人。"

宋银半蹲在后座，两手揽着前座的靠背，夹在两人中间，吸了口气说："要我说，他们运气是真的背！独眼那伙人哪能想到他们在边境被我们抓，好不容易到了市区，前脚刚偷完九龙鼎，后脚就又遇上我们了。"

他说这话的无奈语气再配上两手一摊的动作，有几分滑稽，惹得前座的李子川哈哈大笑附和着说"确实背到家了"，气氛一时变得轻松起来，就连陆岩一贯没什么表情的脸上也露出了一丝笑意。

下午三点，滨海机场。

许禾推着个黑色行李箱在原地站定，她摘掉墨镜丢进随身携带的挎包里，露出底下一张带着精致妆容的脸。

许禾环顾四周，也没看到酒店来接的工作人员，她刚摸出手机准备打电话问问，忽然人群里有个男人兴奋地朝她挥着手："许小姐！"

李子川见许禾看了过来，顿时手臂挥舞得更加厉害："许小姐，这儿！"

宋银手里拿着陆岩的手机，亮着的屏幕上有一条打开的短信，是李局发来的：从帝都来的航班快到了，许医生的电话打不通，估计在飞机上不方便。不过她人挺好找，我见过照片，小脸、高鼻梁、皮肤白、长卷发，身高一米六八，气质贼棒。一眼过去，人群里最好看那个就是了。

宋银看看短信，再看看许禾，特征都对，尤其是那股清冷的气质，令人过目难忘。他一眼看去，自动略过其他人，眼睛里全是许禾了。

确定过眼神，遇见对的人。宋银这才开始跟着挥手："许小姐！"

许禾走到跟前，口气很淡，公事公办的语气："李先生？"

李子川立马接过她的行李，十分自来熟地说："李先……噢，对，我姓李，叫李子川，你叫我川子就行。这是宋银。"

许禾转向宋银："两个人？"

李子川打开了话匣子笑着说："许小姐，这不是知道您要来，我们格外重视吗？本来来了三个人，不过岩哥去买东西了，就在外头不远处等着。"

李子川长了张十分无害的脸，看起来老实巴交，一笑就有点憨憨的。他力气也大，原本推着就十分省力的行李箱，被他直接拎起来往肩上一扛，吓了许禾一跳。

宋银比较懂事，做人也更圆滑。他看着许禾一身的名牌，就连腕上的表都是劳力士新款，就知道这肯定是大门大户里的小姐，平时估计没和他们这类糙人打过交道，于是责怪地拍了下李子川的胳膊："川子，你控制点，别吓着人家许小姐……"

三人一道出来，许禾盯着停在面前的军绿色越野车，眉心蹙了蹙。

宋银以为她是坐不惯这种车，立即说："许小姐，对不住，您暂时担待担待，这车看着丑，其实坐着很舒服。"

许禾把心里一点疑惑压下去，淡淡地"嗯"了一下。

宋银已经打开了车门。

许禾随意扫了一眼，车内很干净，有股冷肃的味道。缝隙里也没有什么针管之类的东西，看着不像是人贩子，并且信息也都对，她这才放下心来，以为这是酒店搞的新型手法，让顾客体验一把坐越野车的感觉。西北地区荒漠和高原很多，一些地方路面崎岖，开越野车的确也不足为奇。

许禾坐在后排，闭目养神。

从帝都到滨海，飞机两个小时左右，许禾昨晚没睡好，又没有在飞机上睡觉的习惯，现在太阳穴涨疼涨疼的。

李子川正想跟许禾说话，宋银一个眼神过去，他立即把快要说出口的话又吞了回去。

越野车在路边一个加油站停了下来，许禾睁开眼。

加油站旁边有个商店，就用白粉笔在光秃秃的水泥墙上写了"商店"两个大字，从开着的车窗看过去，能看见商店里走出个身形高大的男人。

男人虚虚披着件烟灰外套，黑色运动裤，右手拎着个塑料袋，左手却是僵直的，并没有随着走路而产生晃动的弧度。他两腿修长笔直，裤管绷紧，腿型结实有力，交替着大步走了过来。许禾还没看清他的脸，他就已经到了眼前，带着一股压迫性气场。

这样的男人，有种致命的诱惑力。

宋银扭头：“岩哥，东西买到了？”

陆岩从鼻腔里发出个音节“嗯”。然后开门上了车，就坐在许禾身旁的位置。

塑料袋放在他腿上，里面是几包纱布和棉签。这种地方的小商店，连酒精都没有，纱布也不是正儿八经的医用纱布。

陆岩嘴边有伤，青青紫紫，手指也有伤，只不过被清洗过。

许禾突然腾起一股隐秘的心慌，她似乎意识到自己会错了人。

李子川把车停稳，扭过头，面带诚恳：“许小姐，岩哥受了点伤，您快帮他看看。”

许禾眉心蹙了起来，她还没来得及问出那句“你怎么知道我的职业”，就见陆岩已经脱了外套，里面的白短袖带着尘土和血迹，露出的左臂上扎着一支带锈的箭。

这样的箭伤一看就不简单，许禾心里的恐慌瞬间达到顶峰。

她眉心蹙得更紧，手已经悄悄握上了把手，警惕道：“你们不是我要等的人！”说完，就要开门下车。

“哎？”李子川扭过身体，伸手扒着车窗，不许她下车，“你不是许小姐？”

许禾力气敌不过一个壮实的男人，试了三四次也没把门打开，不由得微恼：“我姓许，但不是你们要找的许小姐，你也不是我要等的李先生，我们都搞错了！”

李子川抓了把头发，满脸写着不可置信：“可信息都对着呢，你不叫许薇薇？”

许禾：“……”

见许禾没应答，李子川迟缓地拍了下脑袋——

这下好了，闹个大乌龙！

宋银看着陆岩的伤处，突然福至心灵，连忙解释：“许小姐，不是你想的那样，我们可是正经人！你别担心，我们不会对你怎么样！”

许禾不为所动。

她正想下车，忽然，一只大手牢牢抓住了她的手腕，抓她的手力道虽然大，却并不粗鲁。

她一偏头，对上陆岩暗色的眼。

陆岩五官完美深邃，面部弧度冷硬，像是经由最好的匠师手工打磨过，挑不出一丝瑕疵。眼尾细长，微微眯起，将眼底的波澜敛去，只剩下冷淡。

他脸色苍白，额间还冒着冷汗，问了句：“你懂医吗？”

许禾没说话。

就跟不愿意透露名字一样，在不确定对方是不是好人之前，许禾不敢暴露什么。

陆岩左手忍痛抓着她，没一会儿额间就冒出一层薄汗。他右手从外套里摸了一通，摸出个小本子，递到许禾眼前。

这是个警察证，深蓝色外皮。

许禾狐疑地翻开，人脸和照片对上。

——陆岩，他的名字。

照片上的陆岩意气风发，皮肤洁白，眼神坚定，头发梳得一丝不苟，比现在的他要年轻一些，穿着警服，露出一截白皙的脖颈，甚至隐约带笑。

宋银也掏出自己的，诚恳地说："许小姐，我们真不是坏人。"

许禾没接，心安了安。她伸手解开左手手腕上的手表和一条细细的银色手链放进口袋里，然后从包里摸出一副橡胶手套戴上，一系列动作完成，她问："有刀子吗？"

李子川瞪大眼睛："做什么？"

许禾淡淡地扫他一眼。

李子川立马闭嘴了。

陆岩从自己的长靴里拔出一把水果刀，递给她。

许禾拿着刀，又说：“火。”

这下李子川反应过来了，连忙从口袋里掏出个打火机，做了个伸手的动作：“您请！”

许禾面无表情地拿着刀子在火苗上烤，翻面时刀子的冷光一晃，映着她专注认真的眉眼。

没有消毒水和酒精，只能用这种方法。

李子川眉头突突直跳，这场景莫名让他联想到法医解剖的情形，白刀子进去红刀子出来。七月的天气，他生生打了个寒噤，伸手去捅宋银的肚子：“这能行吗？”

宋银眼都不敢眨：“看这架势应该行。这附近前不着村后不着店，我们等得了，岩哥等不了。”

差不多到时候了，许禾把打火机丢开，吩咐道：“把他胳膊架起来。”

李子川和宋银立马动了起来，一人抓着手掌，一人抬着手腕。

许禾看了陆岩一眼，抿了抿唇：“我要把箭取出来，没有麻药，你会很疼。”

陆岩仰靠在椅背上，闭着眼睛，声音有些低：“没事。”

男人的手臂肌肉结实、线条完美，是许禾接触过的病人中，锻炼得最好的一个。

她呼了口气，定了定神，刀子沿着弩箭刺入的那寸皮肤划开。

陆岩咬着牙，原本轻搭在车窗上的右手一下子收紧，死死抓着窗框，手背上的经脉全都清晰可见，指节绷得发白。

李子川五大三粗的身体里有颗容易受伤的心，他红着眼，抓着陆岩左手："岩哥，你要是疼，你就骂我，发泄出来……"

血腥气弥漫在整个车厢内，陆岩忍着疼，声音又低又哑，说："滚你的。"

许禾今年刚从帝都医学院毕业，那是个国内数一数二的医学院。

许家祖祖辈辈学医，到了许禾爸爸这儿，还自己开了家医院。她从小就在医院打下手学习，上了大学后，平时上课，假期就在医院实习，经验多技术好，如今也算是受人尊重，能被人称呼一声"小许医生"。

弩箭取出来，被许禾丢进了塑料袋里，大半截浸染了血，鲜红色。

棉签头太小，许禾干脆摸了块湿纸巾擦干净陆岩手臂上的血，然后拿纱布给他一圈圈缠上。

做完这一切，许禾看着鲜血淋淋的手套，嫌弃得不行，也丢进了塑料袋。

她有轻微的洁癖，手套是她为了以防万一带着的，没想到一来就用上了。

许禾出门带的东西多，全都是她个人出门必备的用品。包里随手一摸又摸出一盒一次性洗脸巾，她拿了一片把刀子擦干净，才看着陆岩说：“这箭不是现在的东西，箭上还有锈迹，这种古老的东西很容易感染，等出了这片地方，你还是得去一趟医院。”

陆岩看她有条不紊地收拾好工具，然后拿湿纸巾一遍又一遍地擦着自己并没有染血的手指，点了点头：“嗯。”

顿了顿，许禾又说：“现在，把我送回机场。”

宋银应声说：“那一定的！许小姐，让您受惊了，别担心，我们这就送您回去！”

许禾点点头，没话说了，把之前摘下的手表和手链又戴了回去。

银质的腕带，衬得她皮肤更白，白得晃眼。

陆岩动了动，换了个更舒适一些的坐姿，才沙哑着声音道：“谢谢。”

许禾“嗯”了一声，余光不经意间扫过陆岩。他微低着头，侧脸线条硬朗，额前碎发在眼睛处投下了一小片阴影，唇色惨白，看着有种病态的美。

从刀子刺进他皮肤到处理完毕，这个男人始终没有吐口过一句话，她都要怀疑，陆岩是不是感觉神经不灵敏，所以感觉不到疼？

许禾曾经主刀过一台类似的手术。

有个男人在工地受了伤，细钢筋扎进了手臂里，疼得一路号哭，见到她说的一句话就是："医生，太疼了，麻醉能不能多打一点？"术后麻药劲一过，他又号着要吃止痛药，哭得连负责换吊瓶的护士都心疼。

也许是她的目光太过直白，陆岩偏了偏头，目光和她对上，嘴唇动了动说："看什么？"

声音还是很低，比之前有力了一点。

"没什么。"许禾收回视线，安安稳稳地坐着。

她现在确定了身边的人不仅是好人，而且还是保卫民众的好人，已经全然放松了下来。

前排李子川开始大大咧咧地搭话："许小姐，你叫什么名字？"

"许禾。"

"禾苗的禾？"

"嗯。"

"许禾，好名字！"

宋银笑了，拆李子川的台："川子，你真知道禾苗的禾怎么写？"

李子川骂道："去你的！"

不知道是不是错觉，许禾总觉得她说出名字的时候，陆岩似有若无地看了她一眼。

李子川又问："看你年纪不大，也是毕业了过来旅游的？"

许禾顿了两秒："是。"

“那你可来对地方了，滨海这地方的景点可多了，还有不少古代遗址，一进去，那个氛围，保证你去了还想去……”

许禾敷衍地听着，心里却在想另一件事。

几天前，她正忙着毕业，每天脚不点地，好不容易抽出点空，终于决定毕业旅行去加拿大的丘吉尔城看极光，结果当天夜里就做了一个梦。

梦里，黄沙肆虐一片灰霾，可视范围不超过两米。

大风裹挟着沙粒，砸在脸上身上，让人疼得近乎麻木。

一个女人紧紧牵着她的手，不要命地往前跑。

身后紧跟着大片黄沙，像地狱张开了血盆大口，张牙舞爪地想要吞没她们。

女人拉着她，焦急地说：“小禾，快！再快一点！”

许禾下意识地照做，她感觉双腿累得抬不起来了，然后整个人不受控制地往前跌去——

梦就醒了。

那是许禾十一岁的一天，兵荒马乱。

许禾刚被送回到机场，黑云沉沉的，天就下起了雨。

滨海的雨不像帝都的那样轻柔细腻，一场雨浇下来，路边的花草七零八落。

军绿色越野车发动，李子川和宋银每人从车窗伸出条胳膊挥舞，也不管雨点打湿了衣袖，大喊："许小姐，再见！"

车渐渐消失在雨幕里。

等车开出一段距离，宋银才扭过头看向陆岩。他仍旧保持着端坐的姿势，缠着纱布的手臂搭在腿上，视线落在窗外。

"岩哥，你认识许禾？"

李子川惊了："啊？"

陆岩动了动，视线聚焦在前面的椅背上："应该吧。"

李子川更加惊了："啊？"

许禾对着大雨看了会儿，感觉到凉意袭来，来接她的李先生终于姗姗来迟。

到达市中心的酒店时六点已过，天色暗淡，雨倒是小了不少，滴滴答答的从屋檐落下来。

许禾翻出条睡裙，一头扎进了浴室里。

给陆岩处理伤口时虽然戴了手套，但是衣服上还是沾了血，已经干了，她能忍到现在已是不容易。

半个小时后，许禾一身清爽地出来了。

她擦着头发，被晾了一天的手机躺在床上，屏幕突然亮了。

许禾把手机捞起来，屏幕上七八个未接来电，无一例外，全是曲沉的。

她下飞机忘了把静音关掉，电话一个都没接到。

“完了完了……”许禾看着屏幕，无意识地叨叨，“要被曲沉念死了……”

曲沉是她从小一起长大的发小，这次来滨海，家里全靠他帮忙“兜”着。

许禾刚点了接听，一道男中音就迫不及待地跳了出来：“我的大小姐，你是要让我担心死吗？”

许禾把手机放远了一点：“我这不是接了？什么事？”

她十分泰然而且悠闲的态度，让曲沉开始后悔了，他开始反思自己帮她隐瞒许叔许姨这件事到底对不对。

曲沉在房间里走来走去，又是生气又是担心：“没什么事就不能给你打电话了？是谁说一落地就给我报信？”

许禾无奈道：“有点事耽误了。”

“你能有什么事？”曲沉恨不得撕破屏障跑到她身边去，“你人生地不熟的能有什么事？”

“这你就别管了，我好好的，现在在酒店里，你要是不信我再给你分享个位置。”许禾说着，点开微信，真的给曲沉发过去一个坐标。

蔚蓝海岸五星级酒店。

曲沉十分暴躁地道："行！发定位！你最好每个小时都给我发一次定位，让我知道你没事。再有今天这样不接电话的情况，我就直接飞过去找你，你等着！

"我可告诉你啊，事情办完了赶紧回来，否则我兜不住了你就等着许叔上家法吧！

"我可不会给你求情！气死了！"

一般对于曲沉这样类似于跟她斗狠的话，许禾都当作没听见。

正好房门被敲响，她握着手机，从服务员那儿接过自己之前点的红酒。

曲沉一个人说了半天，结果对面连声附和都没有，他顿时一口气上不来，怒道："你听见没有？吱个声！"

许禾把红酒开了，将高脚杯擦干净，倒了小半杯红酒进去，说："消消气。"

曲沉敏锐地察觉到她这边的细微动静，问道："你在做什么？"

许禾拍了张图片给他。

曲沉顿时心梗："我在这边担心得坐不住，你居然在喝红酒？"

许禾笑了起来，边笑边安抚他："行了，我心里有数，别担心。我爸妈说什么没？"

曲沉压着火气："放心，有我在。许叔许姨他们每天都在医院忙得分不清白天黑夜的，还没空想你。等他们问了，我就拿之前上网存好的图片应付过去。反正你的朋友圈几十年如一日，也不更新，他们看不出来。”

许禾“嗯”了一下：“那我挂了。”

曲沉愣了一下，再回神，屏幕已经暗了。

他对着“通话结束”四个字，咬牙切齿：“行啊，许禾！”

许禾坐在小沙发上，就着暖黄色壁灯的光芒喝了口酒，点开了浏览器的收藏夹。

收藏夹里安安静静躺着一条新闻，是十年前滨海市林城县内荒漠附近发生的一起沙尘暴事件。

那场沙尘暴是近几十年来全国发生的最大的一起自然灾害。

当时有个旅游团在流沙山附近的月牙滩游玩，谁也没料到会突然起风，最后团里活着回来的，只剩下七个人。

当时的旅游团，外加一些自驾游的游客以及本地村民，一共有三百一十三人。

这些人里，确认死亡的有三十四个，受伤的有一百七十个，其余人下落不明。

在这种情况下，失踪就等于另一种形式的死亡。

许禾的姑姑许昕然也被永久地葬在了那里，那年她才不到三十岁。

许禾的指尖停在新闻图片里的一片狼藉上，心底某个隐秘的地方，抽疼了下。

当时发生的事情她已经记不清了，她没死在那里是她命大，却也差点死在生还后的那场高烧里。身体大好后，就怎么也记不清这件事了。

十年过去了，许禾过得一直很安稳，从没有梦到过关于沙尘暴的事，没想到这几天却时常做这样一个梦，像是冥冥之中的一个指引。

许禾想知道救她的那个女人叫什么，想知道她是活着还是死了。

姑姑死后，滨海这片地方就是全家人的禁区，不许去也不许提。许禾打定主意要找那个女人，只能临时改了行程，瞒着家人来了这里。

如果能找回当时丢掉的那部分记忆……

许禾正想得出神，忽然听到窗外传来警笛的声音。

她起身走到阳台，往下看去，湿漉漉的路面上，只见一个穿着格纹外套的男人匆匆忙忙从街头拐角处跑了过来。他一边跑一边还往后看有没有警察追过来，一路上撞到了不少路人，惹得楼下一片混乱。

许禾住在三楼，阳台的位置视角绝佳，甚至能看清那个人的脸。那人怀里抱着个四五岁的小女孩，正在哇哇大哭。

正想着能不能做点什么的时候，正对面旅馆二楼的窗户里忽然跳下来一个人，直接堵住了他们的去路。

许禾一怔，手里的红酒没来得及浇下去。

几个小时前才道过别的男人，又出现在了眼前。

陆岩眼睛仿佛覆了一层霾，紧盯着男人，一字一顿道：“把孩子放下。”

男人死死抱着小孩，后退了几步。孩子在男人怀里手脚并用地使劲挣扎，哭声凄惨尖锐：“我要妈妈！要妈妈！”

男人脸色狰狞地呸了一口：“闭嘴，再哭老子摔死你！”

“岩哥！”李子川就在街边的小卖部买泡面，出来就撞上这事，连泡面都懒得要了。

他从后面冲上去对着男人膝弯就是一脚，男人没料到身后还有人，惨叫一声往前一扑，孩子挣脱，陆岩飞快往前跑了几步将孩子接了过去，左手一使劲，疼得他皱了下眉。

李子川对着人贩子又是踢又是踹，揍得对方毫无反抗之力，直接等到了警察过来。

李子川嘿嘿一笑：“岩哥，这波配合怎么样？”

他可是看到陆岩给他的眼神就立即下脚了的！

陆岩把孩子交给警察，拍了下李子川的肩膀说：“一会儿泡面多吃一包。”

李子川惊喜：“真的？”

“岩哥什么时候蒙过你？”陆岩放松下来，才感觉有道目光盯着他。

他一抬眼，许禾就抱臂站在酒店房间的阳台上，脸上没了粉饰，一双眼睛少了几分犀利。

她像是刚洗完澡，披散着还未擦干的长发，穿着低胸的吊带裙，大片奶白肌肤裸露在外，手里拿着高脚杯，酒红色液体轻轻摇晃。

灯光明亮，洒在她身上，像是给她染上了一层碎金，整个人温柔得不真实。

陆岩顿了顿，淡淡地朝她点了下头。

许禾嘴唇动了动。

“岩哥你看啥呢？”李子川抬起头，楼上空荡荡的，什么也没有。

许禾已经进去了。

“没什么。”陆岩低头看了看自己的左手，忽然笑了下，极浅极淡，李子川都没来得及看清又消失没影了。

许禾刚才说：左手别用力。

见李子川一副有话想问的表情，陆岩抬脚往楼上走，顺便提醒道：“十分钟时间就要到了，再不上去宋银可要骂人了。”

李子川爆了句粗口，提着方便面赶紧跟上去：“我不就是输了盘飞行棋，他至于吗？”

楼下重新恢复安静，许禾一杯酒终于见底。

T A X I A N G F E N G Y I Y A N G Z I Y O U

第二章

这个男人，是她喜欢的款

早晨六点，闹铃响了起来。

许禾换好衣服出门。

滨海位处西北，没有早茶文化，店内招牌上全是面食，她点了碗牛肉面，趁着店员做面的空当，查起了地图。

几分钟后，戴着小圆帽的服务员端上面来：“您的面，慢用。”

吃完面，许禾打车去了荷园路，下车后跟着导航七拐八拐，到了一条巷子里。

日头升高，驱逐了清晨的最后一丝冷意。

这条巷子一眼看不到头，脚下路面由凹凸不平的石块砌成，踩上去走一趟像是给脚底做了一次按摩，浑身都舒爽起来。

巷子内很热闹，人声喧哗，左右两边都开着小吃店，香味飘得到处都是。店外等着不少赶着上班的年轻人，店内则大多坐着习惯早起的老人。

许禾跟着导航上的路线，又走了十来分钟。地图上那条绿色路线越走越短，终于，变成了一点，导航提示她已经到了目的地。

许禾抬起头，眼前出现了一家旅行社，招牌用蓝色打底，上面印着“世纪华年旅行社”几个白色大字，右上角还有个图标。

许禾皱眉，又重新导航了一次，导航却说离目标近，无法进行路线规划。也就是说，这家世纪华年旅行社，也许就是她要找的春华秋实旅行社，只不过改了名。

许禾隐约觉得自己这一趟白来了。

她推门进去，前台见有人来，立即放下了手机，露出漂亮的微笑：“您好！”

许禾站在台前：“你好，我想问一下，这里以前是不是叫春华秋实旅行社？”

听到“春华秋实”四个字，前台小姐的脸色立马变了，目光带着警惕地盯着她：“你想干什么？那家早倒闭了，跟我们旅行社可没什么关系……”

恰好这时外面来了一对小情侣，前台像是抓住了救命稻草似的松了一口气："小姐，你要是没什么事就赶紧走吧，别打扰我做生意……"

眼见前台开始招呼那对客人，没有工夫理会她，许禾拿起挎包出了门。

春华秋实旅行社已经倒闭了，只是百度信息还没有更换。

许禾在巷子里徘徊了一会儿，才找了家店铺牌匾比较老旧的面馆走进去。

临近九点，巷子里人潮淡了许多，面馆里三两个人刚好付完账准备走了。

面馆老板是个六十来岁的老汉，面相很和蔼，腰间系着沾了油污的围裙，一口的本地话，口音却并不难理解："姑娘，你要吃点啥？我在这干了二十年了，做的面都是地道的本地口味儿！"

许禾想找的就是这类人。

许禾点了碗拉面，老板在取面，她就坐在门口离他最近的位置，边等边问："老板，我问你个事儿，原本在这儿的那家旅行社怎么改名了？"

老板动作不停，熟练地捞面下锅，叹了口气说："嗨，不是改名！你说的是'春华秋实'不？那家旅行社十年前就倒闭了！"

拉面下进开水里，锅盖一盖，老板双手在围裙上擦了一下，有些唏嘘："当年那个新闻知道不？大沙暴！死了五十多个人呢，就是他们旅行社一个叫李明凯的人带的团！这事情一出，不少死者的家属从老远的地方跑到这儿来了，说要找旅行社要个说法。一开始说得好好的，保证团员安全，怎么就出事了呢？"

几句话时间，面好了，老板端上来后就坐在许禾对面，唠嗑似的说了起来："那几天，每天都有人去旅行社里闹，白天闹晚上也闹，什么能砸的东西都用上了，直接把人家招牌给砸烂了。不仅招牌砸了，社里的其他人也被打了，保安拦都拦不住！"

老板目光盯着远处，仿佛真的透过门前碧绿的树叶看到了当初的那个场面。

"负责人滚出来！不然我们就撞门了！"

"滚出来！滚出来！"

几十个家庭，几百号人，男男女女，全堵在春华秋实门口。

社里的员工根本不敢出来，也不敢开门。

他们不开，外面的人就真的撞起了门，十几个壮硕的男人一齐发力，玻璃门没挡几下，就噼里啪啦地碎了一地。

这些人一股脑儿冲了进去，把躲在楼上的人全都揪了出来，不管男女，就是一顿打。

有人报了警，但是警察来的时候，不少人已经被打晕过去了，地上全是血。

围观的人没人敢去拉一把，生怕殃及自己。

闹了好几天，春华秋实旅行社也被砸得差不多了。

“最后说是赔偿，可团员少说也有三十来个，一人赔个几十万，社里哪有那么多钱呢？”

许禾听得认真，不知不觉一大碗拉面也见了底：“后来呢？”

老板“啧啧”两声，开始说起了反转剧情：“后来啊，警察那边突然说在医院里抓到了导游，那导游正抱着他刚出生的儿子呢就被抓了，这个团根本就不是李明凯带的！”

许禾没想到中间还有这样的事，于是问道：“不是他是谁？”

老板眼里也有愤怒，更多的是造化弄人的无奈：“是他一个兄弟代替他带的团！”

许禾眉心紧蹙。

当年那个时候，临时换导游这样大的事情，竟然也没人发现。

许禾：“他兄弟是谁？”

老板终于意识到什么，看向她说：“姑娘，你问这个事，是那场事故里有你亲人？”

许禾点点头：“是。”

老板动了怜悯之心，原本就和蔼的脸上又浮现了几分同情："叫啥我不知道，不过听说是失踪了。我猜多半也是死在沙子里了，只是尸体不知道被卷到了哪里，所以才找不到。"

见许禾并没有什么愤怒的情绪，也不像那类不讲理会动手的人，老板才又说："我有个弟妹叫岑雪，当年在旅社里当过一段时间的前台，不过后来也被那些人闹怕了，就搬回老家住了，你去问问她？"

原本唯一能找到梦里那个女人的途径已经被堵死了，却没想到柳暗花明又一村，许禾感激地向老板道了谢，然后付钱走了。

翌日，许禾带着行李，打车到了林城区。

林城区是滨海市内最落后也最偏僻的一片区域，从这里可以坐车到云浮城。

云浮城十分偏远，路上没有公交车，出租车一般也不会跑这么远，所以只能坐面包车去。面包车也是准点出发，一天只发四趟车。

许禾今天起了个大早，就算这样，等到车时，车内也全都坐满了人。

许禾当即就想干脆包一辆车过去，多花点钱也没关系，没想到司机已经降下了车窗，跟她说话："姑娘，去云浮城？上来吧，还能坐！"

他话音刚落，车厢内立即响起大大小小的抱怨："都已经这么挤了，还要拉人，赚钱也不是这么个赚法吧？”

谁知司机没听见似的根本不搭理，只想着多坐一个就多一份钱，已经下车帮许禾把行李装好，让后座乘客腾位置了。

去云浮城的路又远又偏，谁也不想得罪了司机，只好嘟嘟囔囔地动了起来。

车门“呼啦”一声打开，许禾对上里头所有人的目光，脸色不太好看。

面包车内空间狭小阴暗，转个身都能撞到人，原本规定只能坐九个人的车厢，粗略看过去就有十四个左右，男男女女互相交谈，全都说的方言。

司机让后排的人挤一挤，勉强腾出了半个空位：“姑娘，上去吧。云浮城这地方去的人多，你错过我这一趟，就得再等一个半小时，说不定下一趟比我这趟还要挤。”

许禾想了想，还是上了车，原因无他，司机说得确实有道理。

许禾虽然高挑，身材却纤瘦，坐在那半个位置上倒也不是特别挤，就是环境实在太差。坐垫破破烂烂，座位、地毯上全是肉眼可见的灰尘。

许禾喜欢干净，先用纸巾把自己的位子擦了一遍，才内心抗拒般无奈地坐下。

面包车缓缓开动，沿着公路往里走，市区的热闹渐渐隐去，目光所及就越加荒芜。

太阳升高，晒得泥白色路面都变得刺眼起来。

远处半空中压着一层霾，随着风隐隐流动。

大约一个小时后，窗外连房子也看不见了，只剩下一大片草地，四周静得出奇。

车内的人大多闭着眼睛在睡觉，鼾声此起彼伏。

不知道是谁有汗脚，在这么拥挤的空间里，一股脚臭味弥漫开来。

许禾只觉得再这么待下去，自己身上就全是脚臭味了，她没坐过这样的车，顿时有点想吐，根本没办法在这种环境里入睡。

她坐在窗边，伸手想开窗透透气，窗户却像是被黏合住了一般，怎么也推不动。

许禾咬咬牙，猛力拽着窗户上的把手往后拉，终于把窗户拉开了一个小口。

一股风灌了进来，许禾狠狠呼吸了两口，才觉得自己活过来了。

七月的天气，风里带着燥热，不过总归驱散了那股总是缠绕在鼻尖的脚臭味。

灰色的面包车缓缓行驶，将周边景物抛到了身后。

许禾这才发现，这条路上车子确实不多。

又过了一个小时，他们前方出现了这条路上的唯一一个加油站。

车子晃晃荡荡的，周围又人挤人，脚臭味混合着人身上的汗味，许禾坐得久了，脑袋里一片混沌，一股恶心的感觉从胸口泛了起来。

她趴在窗口，努力把异物感压下去，忽然车子一震，在加油站边上停了下来。

许禾微微掀起眼皮往前一看，才知道他们的车被人拦了。

前边有车抛锚走不动了，车主想问问司机能不能带着走一段。

司机下去跟人交涉，一车的人也借此机会在加油站上厕所的上厕所、买东西的买东西。

许禾既不想上厕所，又没有东西可买，就走远了几步蹲在路边大口呼吸。

过了几分钟，许禾觉得自己好受了一点，才站起来看周边风景。

这附近视野开阔，能瞧见黄土上长着的荒草。

这片地方虽然荒，可云浮城和县内其他好几个地方却是实打实的旅游景点，原因无他，这边有历史遗迹，还有沙漠、戈壁和石群。

许禾在路边看着司机收了那位车主五百块钱，笑得眼睛都没了，忍不住嗤了一声。她正想回车上，忽然不远处速度飞快地开过来一辆黑色吉普车。

隔着一段距离，她都能感觉到车上蔓延的一股煞气。

果然，吉普车根本没有减速的意思，势头极强地冲了过来。

许禾心下一惊，连忙往后退，心里却在想：这林城区的人，都这么不讲道理的吗？

这念头刚升起，吉普车就直接擦着她的衣摆开了过去。

许禾心跳一滞，缓了半天才记起来拍胸脯顺气。

刚才她粗略地扫了一眼，坐在副驾位子的那个男人是个独眼，一只眼戴着个眼罩，脸上布满青紫伤痕，看起来格外吓人，她后知后觉地意识到额头上竟然渗出了冷汗。

这个时候的许禾，根本想不到她和独眼还会再见面，也想不到她会因此几度身陷险境，扯进一桩陈年旧事里。

就在这时，司机拿绳索牢牢牵制住了那辆抛锚的车，吆喝着众人上车要走了。

正午时分，面包车终于穿过拱形城门，停在了云浮城设立的车站内。

说是车站，其实也只有丁点大一块地方，交通工具也都是灰蒙蒙的面包车，一眼看过去，除了车牌，其他都是一样的。

许禾带着行李去了网上订好的民宿客栈安置好，才拿着面店老板给的地址挨家挨户找人。

云浮城说小不小，是一座实实在在的老城，到处黑瓦白墙和石板路，每家每户门前都挂着两个红灯笼。

许禾在城里晃悠了半天，才找到了和纸上对应的地址。

云浮 268 号。

这是一家玉器店。

陆岩背靠着墙壁，神情淡漠，右手指尖夹着根烟，已经快抽完了。

就在这时，前面跑来个熟悉的人影：“岩哥，确认过了，都说没看见。你那边呢？”

陆岩摇摇头。

李子川抹了把脑门上的汗，把气喘匀，怒道：“那俩孙子，躲得倒是挺快！”

陆岩没说话，兀自沉思了一会儿，烟雾悠悠往上飘，模糊了他的面庞。

过了会儿，他掐灭了烟头，随手把烟蒂丢进了身边的垃圾桶。

李子川看他忽然动了，眼睛里亮起光，立马追问：“岩哥，想起什么了？”

陆岩抬脚的动作一滞：“没有。”

李子川奇怪道：“那你干什么去？”

陆岩双手插兜，回头淡淡睨了他一眼：“上厕所。”

李子川：“……”

陆岩从公共厕所出来，没走几步就听见不远处传来一道略微熟悉的嗓音，像在跟人争论什么。

玉器店内，一群人正围着许禾指指点点。

许禾气得一张白皙的脸微微泛红，有些恼火地一再解释："我都说了，这镯子不是我弄掉的，所以我也不会赔你钱！"

玉器店的老板娘是个三十来岁的女人，身材微微发福，此刻双手叉着腰大声说："不是你是谁？刚才你向我打听人，手臂碰倒了我摆在柜上的玉镯，现在玉镯碎了，你不赔钱谁赔钱？"

她三言两语，讲清了事情的前因后果，围着许禾的人就开始指责起来了。

"看着漂亮，没想到心这么黑……"

"做了还不承认，教养那么差呢？"

"打碎了人家的东西不赔还这么理直气壮，真是见识了。"

许禾明白自己是遇上碰瓷的了，这人就是仗着刚才她进门时店内没有别的人看见，现在嗓门一大，引来一群看热闹的人嚼舌根，逼她给钱。

许禾环顾四周，握紧了手，掌心里写着地址的纸片已经揉成了一团。她冷笑了一声："我刚才连你柜台都没碰到，怎么就打碎了你的镯子？"

老板娘从鼻孔里哼了一声，微胖的身躯跟着一抖："你还不承认？

黄金有价玉无价，我这镯子可是一等一的新疆和田玉，价值二十万，你要是不赔钱，我就报警了！”

许禾被她气笑了，但是理智还在，做手术的人，自身定力惊人地强。她说：“行，你报警。一个玉器店，随便碎个手镯就是二十万，你却连监控也不安，谁知道你是不是专门讹钱的？”

许禾摸出手机解锁：“就怕你不报警，要不要我帮忙？”

她说着就真的按了 110。

老板娘吓得一双眼珠子都快瞪出眼眶了。这……这不在她的计划之内啊！

许禾的电话还没拨通，陆岩拨开人群走了进来，开口就是两个字：“警察。”

众人皆一愣：“？”

这可真是史上最快的出警速度了。

陆岩把警察证一亮，老板娘脸色都变白了。

老板娘本来想着许禾年纪轻轻没经历过事，又没有同伴，大约是一个人来旅游的游客，就想敲她一笔，根本没想到许禾被这么多人指着还那么镇定，没说两句就要报警。更可怕的是，人群里居然还真有警察！

看到陆岩，许禾也是愣住了。

陆岩走到她身边，低头睨了她一眼。

许禾个头只到他胸口处，骨架又小，这么站着，被他挡得完完全全。她微仰着脑袋，先前披散着的浅棕色长发被扎成了马尾，脸颊因为气愤而泛着粉红，露出的一截脖颈却白皙干净得令人口舌生津。

陆岩移开视线，不去看她一字肩上衣露出的圆润的肩头和明晰精致的锁骨。他把警察证摆在老板娘面前：“刚才的话我都听见了，有一个问题要问。照你的说法，是这位小姐不小心打碎了你的镯子，当时有其他人在场吗？”

老板娘眼珠乱转：“没有，但是警察同志，镯子就是她打碎的，这是毋庸置疑的事情，我不可能骗你……”

陆岩打断她：“玉器店里没别人，你把镯子拿出来做什么？”

老板娘没想到他问起这事，手指在裤缝边上揪了又揪：“我给手镯换包装纸，谁能想到这位小姐就给我打碎了呢？”

陆岩又问：“那你换下的包装纸呢？”

老板娘一顿，她随口一编的理由，哪有什么包装纸？她面色红了又白，支支吾吾说不出话来。

陆岩视线移到玻璃柜台上摆着的两截白色断玉上，只瞥一眼就笑出声，嗓音低沉，带着点儿哑：“你这玉色泽、润度都不对，中央还有掺杂的棉质，一看就是卡瓦石仿造的，叫价二十万，真欺负人不懂玉石看不出来？”

陆岩拨了个电话，言简意赅道：“来几个人，这有家玉器店真假混卖讹人。”

这下老板娘完全说不出话来了，她这店里的东西的确真真假假。遇到懂点玉的，她就拿真货，遇到不懂的，就拿仿冒的。怪就怪她舍不得打碎真的和田玉来讹许禾，所以用了个仿冒品代替，结果这回钱没有讹到，反而把自己给搭进去了。

看热闹的游客也知道自己冤枉了人，一时间表情都有些讪讪，悄悄地全离开了。

店内恢复了安静，许禾看着老板娘坐立不安，想说什么又说不出的样子，十分解气。

见陆岩打完了电话，许禾说道：“想不到你还对这方面有研究。”

陆岩点了下头：“工作需要。”

“今天的事谢谢你。”许禾看着他外套下掩着的左手，“手臂好点了？”

“好多了。”

许禾大概没见过比自己还要沉默寡言的人，一时有些无言。

门外风一吹，许禾闻到陆岩身上淡淡的烟草味，顿时蹙起了秀气的眉：“你没去医院？”

陆岩看了她一眼，似乎不明白她为什么这么问：“去了。”

许禾又说："医生没跟你说恢复期间不能抽烟？"

陆岩像是真的仔细想了想，然后才说："不记得了。"

许禾脸色沉了下来，冷冷勾了勾嘴角："尼古丁会影响伤口愈合。你不拿身体当回事，我一个外人自然也不能多说什么，保重吧。"

许禾走了，还是被气走的。

陆岩在原地站了会儿，半晌，挑起了嘴角。

许禾走出一段后，才觉得自己有点过激了。

身体是陆岩的，她就是个随手帮忙的医生，陆岩抽烟关她哪门子的事？

想通了，她脚步也轻快了不少。

回到客栈，许禾点了几个特色菜，坐在楼下大堂里等着吃饭。她从早上到现在只吃了两个包子，早在来的路上就消化完了，早已经饿得不行。

原本以为能在岑雪这儿知道点消息，结果人家住的地方已经成了玉器店。许禾觉得，全世界都在为难她。

饭点已经过了，大堂里就许禾一个人。

点的菜没多久就上全了，梅菜扣肉的香味让人食欲大开。

许禾扒了口流汁宽粉，她是南方人，喜欢米食，但在西北这个以面食为主的地方，实在讲究不起来，何况面食比米食管饱，她没法挑剔。

一口粉还没咽下，许禾就听见一道不确定的声音在喊：“许小姐？”

她看向客栈门口，那儿逆着光站了两个人。

两人已经走过来了，前面的男人步子很大很急，后面的人步子虽大却很稳。

李子川几步过来，面上十分惊讶地说：“真是你啊许小姐，我还以为看错了呢。真巧，你也住这儿？”

“嗯，是挺巧的。”许禾看了他一眼，余光又扫扫他身后的高大身影。

几次见面，许禾都没过多打量过陆岩，这么沉下心来看，才发觉他确实长得很好。他脸上的伤已经好了很多，唇红齿白，嘴边的青色没有影响颜值，反而为他添了几分匪气。他与那类近来为女人追捧的“小鲜肉”不同，因为工作性质，他自带气场，男人味十足。

是她喜欢的款。

许禾视线转回李子川那张讨喜的圆脸上：“你们怎么来这儿了？”

李子川正想说话，门口又走进来个人，是宋银。

“岩哥，没有！各个点的兄弟们从昨天我们打电话交代的时候就留意了，都说没看见。”宋银边说边拿手掌当扇子扇风，走了过来，“独眼这人精明得很，一点痕迹都没留下。”

他一屁股坐在李子川身边，满头的汗：“水呢水……”

他视线扫到许禾，话到嘴边又拐了个弯儿，露出了跟李子川同样的惊讶表情：“许小姐？”

陆岩给他倒了杯水：“喝完说话。”

宋银连连“哎”了句，然后仰头把水灌了。

许禾面色却有些奇怪，一口粉咽下去，才不确定地说：“你刚才说独眼……”

陆岩把视线移到了她身上：“怎么，你见过？”

“你别这么看着我。”许禾把筷子放下，才说，“我上午来云浮城的时候，在路上看到过一辆黑色吉普，吉普的副驾上就坐着个戴眼罩的男人，你们说的不会是他吧？”

当时吉普车擦着她开过，给她留下了很深刻的印象。

副驾上的男人也实在太有特点，她就记住了。

陆岩看着她：“左眼还是右眼？”

许禾愣了一下，随即反应过来他问的是什么：“右眼。”

李子川立刻一拍大腿：“那就是他！”

真亏了许禾记得清楚，她一直都有到了任何地方都会记住建筑物的习惯，没想到这会儿记了个人，还真有用。

“车在加油站前面的岔路口右拐了。”

陆岩沉默了一会儿：“进了云浮城才有公路去其他地方，往右走是山路，他们是怕被我们找到，所以绕路了。”

许禾光听就知道这事儿不小，她又想起了什么，问：“你的手臂是他伤的？”

“是。”

李子川一听来劲儿了，脸上全是激动的神色：“许小姐你是不知道，当时岩哥一对二，冒着掉进断崖的危险，硬是把独眼偷的东西给抢了回来,那场面够我吹岩哥一百年！”他彻头彻尾的一副崇拜像，说起这事来双手都闲不住。

许禾几乎能从他说的话中拼凑出当时那个不畏生死的陆岩出来。

“川子，”陆岩实在听不下去了，“去点餐。”

“好嘞！”说到吃，李子川也不说什么陆岩的英雄事迹了。

宋银这才找到机会问许禾：“许小姐，你接下来去哪儿玩？”

许禾先前离开玉器店的时候就在考虑这件事，这会儿也想出了个大概：“进戈里沙漠吧。”

那个女人算是找不着了，许禾只能去沙漠碰碰运气，说不定看到沙漠，场景重现，她能记起点什么东西。

这一趟来都来了,许禾也不怕再麻烦一点。要是再没有什么进展，那她也无能为力了。凭着一个梦,她背着家人来了滨海,又进了沙漠，也算对得起那个女人了。

入夜。

许禾洗完澡躺在床上，怎么也睡不着。

又翻了个身，她挠挠脖子，终于忍受不了，开灯坐了起来。

并不算大的房间被光线充盈着，视野变得开阔起来。

许禾抬起手臂，原本白皙的手臂上一片红。

她皮肤容易发红，一般是接触的东西不干净的原因，好在除了发红变痒并不会有其他症状，过一会儿自己就好了。

已经十一点了。

许禾拿了件外套披在身上，开了门往外走。

一楼有个后院，平时客人喜欢在那儿纳凉，不过这个点了，大多数人都睡了。

月色清冷，洒在地面，映着走道摆件孤傲的影子。

院子中央那盏孤零零的灯还亮着，照着周围四五把躺椅。

墙角处种着棵石榴树，这个季节开了一树橙色的花。

树旁的那把躺椅边上倚着个男人，看不清容貌，他垂着的右手指尖有星点火光。

许禾走得近了，才说："看来你这伤是好得差不多了。"

烟就真的那么好抽？抽烟黑肺，对身体百害无一利。

陆岩身形一动，看了过来。

不明不暗的地方，他目光清亮，面部棱角分明：“是已经好了。”

他的手臂没有十天半个月根本愈合不了，许禾随意哼了声：“随你吧，反正你连医嘱也不遵。”

陆岩掐了烟，旁边没有垃圾桶，只能把烟头揣回口袋里：“怎么还不睡？”

许禾抱臂靠在灯柱子上，离他几丈远：“睡不着。”

灯光洒在她身上，陆岩才发现她宽大外套没能掩盖住的脖子处泛着红。

她皮肤白，身上一有印子就格外明显，那一片红，看起来竟十分刺眼。

“你怎么不睡？”许禾把他的问题抛了回去。

“烟瘾犯了。”

“……”

“过来。”

“做什么？”许禾动也不动。

他周围全是烟草味，虽不难闻，许禾却也不怎么喜欢。

“你站那么远做什么？”陆岩干脆自己走了过来，“我又不会吃了你。”

在许禾疑惑的目光中，陆岩从口袋里摸出一个圆盒出来。

这个圆盒很小巧，整体呈银色，很古老的样式。盖子上花花绿绿地画着一个民国时期的女人，穿着旗袍，乍一看还以为是旧时代女人用的腮红。

许禾打开盖子，盒子里膏体散发出一股薄荷的味道："这什么？"

"万金油。"看她不懂，陆岩又说，"花露水用过吗？跟那一个效果。"

许禾总觉得自己无意间被陆岩笑话了，因为一瓶万金油。

"很晚了，去休息吧。"陆岩站在台阶上，回头说。

月光落在他脸上，将他刚毅的脸庞柔和了不少。

许禾看着他被月光柔化的脸，心底猛然一颤，惊觉他的脸竟然隐隐透出一种诡异的熟悉感。

许禾下意识地叫住了他："陆岩。"

这是她第一次开口叫他的名字。

不是陆哥，也不是岩哥，而是陆岩。

女人的声音清亮，听起来十分悦耳。

短短两个字，却比以往任何人叫他都好听。

显然陆岩也觉得意外，往回走的动作停了下来，再次回头，等她说话。

许禾仔细想了想，才说："我是不是在哪里见过你？"

陆岩半边脸隐在黑暗里，嘴边的笑若隐若现。

“许小姐。”

他嗓音低沉，入耳很有质感，让许禾想起了那年寒山寺的古钟声。

“你这样的搭讪方式，也太老套了一些。”

TA XIANG FENG YI YANG ZI YOU

第三章
他身上清冽的烟草味道

太阳还没冒头，四周静悄悄的，这个时候客栈里的人应该都还沉浸在梦里。

许禾把洗漱用品放进真空袋，塞进行李箱，拉链一拉，拎着东西轻手轻脚地下楼。

客栈的隔音做得不错，一楼的动静二楼几乎听不见，许禾这才光明正大地推着行李走。

陆岩等人正在大堂里吃早餐，听到动静都看了过来。

李子川诧异道："许小姐，这么早？"

许禾一抬头，又跟这三人打了个照面，她点点头：“你们也挺早的。”

宋银朝她晃了晃手：“许小姐，一起吃个早餐吧！”

陆岩也在看她，他视线浅浅扫过她露在外的脖子，已经恢复了白玉状的肌肤。

陆岩往里挪了一个位置出来：“赏脸？”

许禾推着东西走过去，也不矫情，在他旁边坐了下来。

一坐下，男人衣角上的烟草味又钻进了鼻腔，不浓不淡，有种莫名的清冽。

这个男人，是真不把自己的伤放在心上。

宋银把手边的酿皮子推到她跟前：“许小姐，你吃这个！这酿皮子是地方特色，别的地方都做不出来这口味。”

瓷碗里盛着的酿皮子橙黄油亮，撒了鲜绿脆嫩的黄瓜丝，看着很像南方人常吃的凉皮。

许禾来了兴趣：“你怎么知道别地儿做不出来，你是本地人？”

宋银往上推了推鼻梁上架着的眼镜，一张脸上全是得意：“当然，妥妥的滨海人！”

许禾偏头盯着身边拿油条配白粥小菜吃的陆岩：“你也是本地人？”

陆岩闻言掀起眼皮看了她一眼，薄唇张合了一下：“不是。”

离得近了，许禾才发现陆岩一双眼睛十分好看。双眼皮自然不做作，睫毛纤长卷翘，眼珠是深棕色，卧蚕很深，这样的眼睛如果深情起来，一定令人目眩神迷。

“岩哥跟许小姐你一样都是帝都人，没看出来吧？”李子川嘿嘿一笑，提起陆岩比说到自己还上心，“你别看岩哥现在糙得不行，当年他刚来滨海的时候，也是大帅哥一个！你是不知道，他进警队的第一天，那些个女实习警都疯了一样凑到他办公室，哎哟——那个场面，我这辈子都忘不了……”

“这么夸张？”

“那可不，岩哥一整天没开过门，饭都是我送进去的！”

陆岩目光淡淡地扫过李子川：“吃都堵不上你的嘴。”

这画面感实在太足，许禾揶揄地看着陆岩：“当时你在做什么？”

陆岩眸光沉沉：“还能做什么？看文件。”

许禾想象了一下，狂热的女警被堵在门外，陆岩在办公室里心无旁骛地看文件……

这确实像是他能干出来的事。

一顿饭边吃边说，也到了尾声。

李子川看看她的行李，说：“许小姐，你要不跟我们一道走吧？你进沙漠也得往我们那个方向走，这路上的车条件一般，你估计坐不惯。”说着，他又去征询陆岩的意见，“岩哥，你说呢？”

许禾早看出来了，李子川和宋银两人都以陆岩的意见为主，如果陆岩不点头，他们就算想带着她走也无能为力。

陆岩收拾好桌子，一贯的寡言：“走吧。”

许禾之前在云浮城的时候，都没有那种自己身在边境的感觉，直到到了西图。

西图是个说大不大的镇子，比云浮城要小上一圈，环境却远远不如云浮城，一眼看去，到处灰突突的，空中还飘着一层灰尘。

今天是西图的赶集日，街道上熙熙攘攘的全是人，李子川开着越野车在街上穿行，喇叭按了无数次，却效果甚微。

许禾开着窗，耳朵里全是讨价还价的声音。

滨海这边的方言好懂，带着一种说不上来的腔调。

许禾听到旁边骂人的声音，脸色变得很奇怪：“你们滨海话骂起人来好温和。”

如果忽略那人脸红脖子粗的样子，听起来就像是一个普通的玩笑……

“咦，是吗？”宋银来劲了，拍拍李子川的肩膀，一口本地话，“川子，你个瓜皮。”

“你才是大傻子，老子开车碍着你了？”

“你个蠢蛋！”

他们斗嘴，许禾听得津津有味。

宋银忽然问：“许小姐，你们那儿怎么骂人？”

他们那儿的话实在粗鲁，许禾看向陆岩：“你岩哥也是帝都人，让他给你学。”

陆岩原本闭着眼睛正在假寐，闻言微微睁眼：“想听？”

宋银点点头，满脸期待。

的确，跟陆岩共事了四五年，他们还没听陆岩说过家乡话。

连见缝插针找地方停车的李子川都支起了耳朵。

许禾也露出了感兴趣的表情。

然后在所有人的期待下，陆岩缓缓吐出几个字：“想听去帝都听。”

……

越野最终停在了一家羊肉泡馍馆外的路边上。

这样的小地方没有专门的停车位，一条路的左右两边全部被车停得满满当当。

这会儿已经中午了，几人一齐进了馆子里，每人点了碗羊肉泡馍。

许禾的也被陆岩一并付了钱，36元一碗。

她从包里摸出几张零钱递过去，陆岩不接。

许禾抿唇，她这人不喜欢欠人情。

这时，李子川站起来喊道：“岩哥，许小姐，快过来！羊肉泡馍趁热才好吃！”

陆岩先一步过去了，许禾闻着馆里无孔不入的腥膻羊肉味，有点反胃。

等坐到位置上，许禾才觉得空中的膻味算什么，她碗里的才是真腥！

吃了一口，许禾就受不了了，捂着嘴吐在了纸巾上。

这家店的羊肉处理得不算干净，膻味很大，许禾吃不下去。

她不想影响到其他人，于是拎起包说：“我出去找一下洗手间。”

等走到外面，许禾才一弯腰，吐了。

公共厕所就在这家店附近，许禾之前在车上瞥到过标记，没一会儿就找到了。

这种地方的厕所，隔着老远都能闻到臭味，许禾微不可察地皱起眉头，有点无法接受。

跟许禾一起排队上厕所的还有好几个女人，都穿着棉麻衫短袖，脸上没有一点表情，像是习惯了。

许禾这一身白衬衫、包臀裙，放在城市里完全是十分正常的打扮，在这里却显得特别新潮奇怪，一路上不少人盯着她看，看得她心底发毛。

光头摸摸自己已经秃瓢的脑袋："大哥，这一路上都没看见陆岩那家伙，他们应该已经回去了，咱们是不是可以不躲了？"

他对面的男人右眼戴着个眼罩，正在吸烟，露在外面的双臂文着大片青色的文身。闻言，独眼吐出一口烟圈，泛着黄渍的牙齿看起来格外恶心："小心驶得万年船。"

他看向巷子口，说："来人了，闭上嘴。"

光头立马闭了嘴，两人往这儿一站，就像常见的地痞流氓。

许禾跟在一群女人后面，正在给曲沉发微信。

曲沉这个人十分执着，说要定位，就真的隔一段时间问她一次。

许禾刚把定位发过去，头一抬，就看到倚在墙边的独眼和光头，呼吸一下子滞住了。

这是什么运气？

独眼跟她对视了一眼，又继续抽他的烟。

许禾稳住呼吸，不断在心底说：他不认识你……不认识你……别怕……

硬着头皮进了厕所，许禾立马进了一个隔间，才敢大口喘气。进来后她才发现隔间里的坑位是一个土坑和两块木板搭成的，简易得吓人，肮脏又散发着腐臭，密密麻麻的蛆虫爬满了整个坑壁，视觉冲击非常大。

许禾现在觉得，那股羊肉膻味，也不是那么难闻了。

许禾握着手机想给陆岩发消息，才后知后觉地想起她虽然见过陆岩好几次，却没有问过他联系方式。

真是关键时刻急死人。

许禾深深吸了口气，才推开门往外走。

独眼和光头还在外面，重新点了烟。

许禾紧紧抓着手机，面色如常地经过那两人，等到走出了巷子拐了个弯看不见人了，她才赶紧跑回了羊肉馆。

陆岩等人正在店门口等她。

许禾快步跑过来，边跑边指着左侧："陆岩，快！独眼在厕所！"

"什么？"

李子川还没反应过来，只感觉耳边掠过一股风，然后他才反应过来，陆岩已经大步跑远了。

光头在露天的洗手台洗了把脸，冷水往脸上一浇，整个人都畅快了不少。

这几天他们躲躲藏藏，为了避开路上的摄像头，又是土坑又是树林，啥地方都睡过了。

忽然，独眼吸烟的动作一顿："不对。"

光头抹了把脸上的水珠："大哥，啥不对？"

独眼狠狠把烟扔在地上，左眼混浊恐怖地瞪着：“那个女人不对劲！快走！”

他干文物盗窃这一行太久了，见多了人，刚才许禾看到他的表情，明显跟普通人的不同。

许禾前面的那群女人，对他们全都是既不屑又害怕的表情，她却是除了那一眼的慌乱，冷静得抓不到一丝其他情绪。

他们刚跑出巷口，果然就见陆岩追了过来。

光头头皮一紧，不要命地跟在独眼身后跑：“怎么回事儿啊？”

独眼的腿还没完全恢复，跑起来一拐一拐的，但他习惯了逃跑，速度并不慢。

他们两人横冲直撞，迎面就掀了一个妇女卖苹果的摊子，圆滚滚的苹果撒了一地，气得妇女直骂人。

幸好独眼之前就把车停在路口，他打开车门坐了进去，发动引擎。

他把车发动的瞬间，光头也上来了。

光头扭头，在后视镜里看着陆岩被抛出一段距离，松了口气。

“岩哥，上来！”

速度飞快的越野车丝毫没有停下的痕迹。宋银坐在后排，打开左侧的车门，一大股风带着灰尘扑了进来。他朝陆岩伸出手，陆岩直接拽着他跳上了车，车门关闭。

许禾坐在副驾驶座，近距离地目睹了这电视剧里才会出现的场景，忍不住地后怕。

如果刚才陆岩没有抓紧，或是宋银力气不够大，下场都是非死即伤。

许禾脸色惨白，她虽然在手术台上见惯了生离死别，却也没法对着这么一个惊险刺激的场面做到完全不紧张。

她好不容易平静下来，就听到陆岩喊她："许禾。"

声音低沉，又带着能安抚人心的力度。

"嗯？"她都来不及反应这是陆岩第一次叫她的名字。

"系好安全带。"

许禾下意识地照做了，安全带刚系好，陆岩拍了拍李子川的椅背："川子。"

李子川点头："明白！"

话音刚落，李子川便猛踩油门，越野车立刻像是离弦的箭一样冲了出去！

许禾被窗口陡然变得猛烈的风吹得脸都变了形，眼睛根本睁不开，一睁开就是被吹出来的眼泪。她好不容易才适应过来，好歹没有被吓得尖叫出声，也不算丢人。

许禾把窗户关好，连做了几个深呼吸，才去看前方的吉普车。

吉普车在公路上急速狂奔，许禾才发现那辆车居然连牌号都没有。

追了半个钟头，把西图镇甩了不知道多远，许禾心里那点慌乱早就没影了。

终于，前方道路宽阔起来，路旁也不是石林而是荒地了，陆岩说："加速，从右侧包过去。"

李子川没说话，却在按照他说的做。

察觉到他们的意图，独眼猛打方向盘，咬牙切齿地往窗口吐了口痰："没完没了了！"

他眼尖地看到前面有条岔路，不过是山路，路面崎岖不平，他眼珠一转，左拐进了山路。

"大哥？"光头看着窗外掠过的陌生风景，扭头看他。

"你懂什么？"独眼开着车，全身肌肉紧绷。

这条山路显然很少人走，路面黄土铺路，石块凸起、崎岖不平，车开过的痕迹不多，吉普车开下去，车尾甩起的灰尘直飞。

刚靠近，许禾就已经颠得屁股疼。

"岩哥？"李子川问他。

"不用追了。"陆岩目光沉沉，盯着吉普快要消失的车尾，说道，"这路我们不熟，附近又是山林，追下去未必有用。"

何况他们还带着许禾，要是独眼弃车逃跑，许禾肯定不能跟他们去追，到时候独眼再返回的话，许禾的安危就不能保证。

“这俩鸡贼！”李子川把车停在路口，一拳砸在方向盘上，“就让他们这么跑了？”

“跑不了，”陆岩目光悠悠，放松身体靠在椅背上，“他们会再出现的。”

重新回到西图，已经是一个小时后。

车开进去的时候，许禾还能看见地面上被车轮碾过的苹果，溅开的水渍已经被太阳晒干了。

街上人少了许多，一路畅通地到了一家宾馆门口。

“今天回不去了，夜路不好走。”李子川停下车。

“就在这住一晚。”陆岩发话，他先开门下车，其余人才跟着下来。

他看向许禾：“你也得跟我们在这待一晚了。沙漠入口在克什村村尾，从这到克什村一天只有来回一趟车，时间早过了，你去不了了。”

许禾“嗯”了一声，她现在时间很宽裕，多一晚少一晚并没有什么差别。

陆岩看她泛白的脸，心里某个隐秘的地方动了下。

“吓到了？”

“还好。”许禾说完，从自己耳后撕下片晕车贴，“就是有点犯恶心。”

之前给陆岩报信的时候，她就十分有先见之明地给自己贴上了晕车贴，果然不出她所料，飙车了。

陆岩愣了一下：“你晕车？”

许禾吐出一口浊气，终于觉得身心舒畅了：“一般，这算特殊情况。”

她往楼上走了几步，发觉陆岩并没有跟上，扭头一看，陆岩正靠在越野车身上，神色晦暗不清，像是在思考什么。

“许禾。”

“干什么？”

“跟我们合作吧。”

许禾没动也没说话。

陆岩说：“你应该知道你脱不了身了。”

许禾站在原地，等他接下来的话。她的确已经脱不了身了，从她给陆岩报信那一刻开始，她和陆岩就已经是一条船上的人了。

陆岩习惯性地从上衣兜里摸出烟盒，从里面拿了一根烟出来：“独眼这个人，非常记仇，你一个人会有危险。”他打开火机，“刺啦”一声，火苗蹿了起来，舔舐着烟头。

“然后呢？”许禾定定地看着他。

陆岩吸了口烟，过了会儿浑身舒展了才看向她：“你当队里的随行医生，我来保护你的安全，帮你做你没做完的事。”

许禾一顿：“你知道我不是来旅游的？”

陆岩轻笑一声，声音低沉悦耳：“一般人来沙漠旅游要么选择跟团要么跟有经验的人来，再不济自己一个人来也会提前做好攻略，你却还穿着带孔的低帮鞋，稍微注意注意就知道了。”

许禾低头看了一眼自己白色的板鞋，她从帝都来的时候想着西北天气炎热，特意带的都是穿孔透气的平底鞋，连最爱的高跟鞋都嫌碍事没带。没想到自己以为万无一失的说辞，别人一眼就能看破。

等她再抬头，陆岩已经从楼下车边到了眼前，在她脚边投下了一团影子。他身上的烟草味比以往任何时候都要浓，甚至有点呛鼻。

许禾皱眉拿过他指尖还剩下的半截香烟，陆岩也由着她，一副好整以暇的样子。他的角度，可以明了地看清许禾皱起眉头时额间浅浅的“川”字，以及她微微下垂的眼睑。

许禾把烟丢在地上踩灭：“你的手不好，就保护不了我。”

陆岩看样子进过沙漠，跟他一起，总比自己什么也不懂穿着带孔鞋就跑进去的好。

许禾绕过他往里走，陆岩正想跟上，忽然听她头也不回地说：“垃圾带走，陆警官。”

陆岩看着地面那一小截烟头，平直的嘴角慢慢软化，不自觉勾起一抹极细微的弧度。

这种村镇上的宾馆，住宿连身份证都不用，价格便宜，五十块一晚，两个人还减十块，当然，环境也跟价格一样成正比。

许禾拿着钥匙开门看到房内的景象时，都不敢相信自己住的是花了钱的房间。

房子里散发着一股令人作呕的味道。窗帘拉着，外面的光透不进来，阴暗的角落有快速跑过的老鼠，不时发出“吱吱”的声响。

许禾打开灯，看向床的方向。白色被褥揉成一团堆在床上，应该是上一个客人走后工作人员没有整理。她走近了一点，光顾着皱眉了，不小心踢翻了脚边一个垃圾篓，里面的东西瞬间翻倒在地。

用过的纸巾和避孕套撒了一地。

许禾再也忍不住，胃里翻腾，连带着坐车遗留的不适也都涌了上来，她捂着胸口快步走了出去：“陆岩！”

陆岩就住她隔壁的房间，门没关，他的房间要整洁干净得多。

他正准备开窗透气，闻言走了过来：“怎么了？”

许禾面色实在难看，她强忍着喉头不适，哑着声音说：“给我垃圾桶。”

陆岩快步把垃圾桶拿了过去，许禾就扶着门框，吐了个稀里哗啦。

李子川和宋银听到动静，都放下手里的事过来了："这是咋回事？"

许禾一想起刚才自己看到的，恶心感又上来了，喉头一哽就又吐了。她那碗羊肉泡馍一口没吃，胃里没什么东西，吐出来的全是清水。

陆岩拍拍她的背，给她顺气："川子，去买几瓶水。"

李子川应了，立马转身就走。

陆岩起身去了许禾的房间，刚进门就蹙起了眉，越走近，他面色越沉。

宋银忍不住爆了句粗口："怪不得许小姐吐成这样！"

这样的房间让人怎么住？

"你去换间房。"陆岩没多待，虽然没有表现出极大的厌恶，却也觉得反感，大步走了出去。

许禾已经在漱口了，她吐得头晕眼花，浑身软绵绵地靠在门框上，脸上白得没有一丝血色。

陆岩蹲在她旁边，拍拍她瘦弱的肩，语气温和耐心："你今晚睡我的房间，放心，是干净的。"

许禾没什么力气地点头。

到了傍晚时分，夕阳如火，染红了半边天。

这个季节的夜晚来得较慢，外面还是一片光亮。

赶集的人陆续回家了，街上清清冷冷，只剩下满地的烂菜叶。

许禾实在饿了，刚到楼下想买点吃的，就碰到从外面回来的陆岩。

他面庞刚毅，眉目清冷，短发微微扬起，脚踩一地落霞。

许禾微愣间，他已大步走近。

“饿了？”他手里拎着个油纸包，递过来还是热腾腾的。

“这什么？”许禾打开油纸包，里面躺着好几枚金黄色团子，外表洒了一层白糖，正泛着诱人的香味。

她眼底微微闪光，不确定地问：“是泡芙？”

陆岩稍愣，然后终止了她的想法：“不是，是炸羊尾。”

羊尾好吃吗？

羊尾能吃吗？

许禾脑袋里快速飘过这两个问题。

“不是羊的尾巴，”陆岩一眼就猜出她在想什么，“是道甜食。”

得到陆岩这个在滨海待了四五年，活得像个本地人似的肯定回答，许禾稍微放下心，拿签子戳了一个放嘴边一口咬下，团子上留下个月牙印。

鸡蛋的味道，中央裹着红豆沙，很浓的甜香味。

陆岩微垂着眉。

她吃相文雅干净，跟外表很像，握着签子的手，细如葱白，骨节分明。

陆岩几乎能想象到她这双手握着锋利的手术刀的样子。

“手机给我。”陆岩一边摸出自己的手机，一边朝她伸手，“存一下联系方式。”

许禾习惯随身带着小包，她低头找翻手机时，宽松的红色雪纺衫跟着垂了下去，V 领里隐隐透出一抹黑色蕾丝，黑色下的肌肤更加娇嫩。

陆岩喉结上下滚了滚，移开视线，开口时嗓音有些喑哑：“明天换件衣服。”

许禾把手机给他，奇怪道：“我每天都有换衣服啊。”

许禾连吃了三个“炸羊尾”，肚子饱了一点，说话才有了点力气：“我们接下来去哪里？”

陆岩已经存好了号码，把手机还了回来：“先回家。”

第二天清早，许禾神清气爽地下了楼。

她休息了一晚，气色比之前好了很多。

“早，许小姐。”李子川冲她招了招手。

许禾环视一圈，三人早餐都差不多吃完了，她又是起得最晚的一个。

“许小姐，来吃早餐。”宋银有气无力地说。

“谢谢。”许禾注意到宋银眼镜下方的眼圈发黑，看起来精神不是很好，整个人也恹恹的。

“你这状态是肾气亏损，两眼缺少精气的滋润……”许禾盯着宋银，满脸审视地看着他。

“啥啥啥？”宋银使劲撑开眼皮，急忙问，“我得啥病了？”

许禾坐在陆岩身边的空位上，张口就来：“你这是睡眠不足，疲劳过度，眼睑得不到休息，长时间处于紧张收缩状态。该部位的血流量长时间增加，引起眼圈皮下组织血管充盈，从而导致眼圈瘀血，滞留下黯黑的阴影。”

许禾顿了一会儿，身边三个男人的视线都聚集在她身上。

宋银是紧张，李子川是震惊，陆岩则是无动于衷。

陆岩显然猜到了她的意思，看了她一眼又继续吃东西。

许禾喝了口豆浆：“简单来说，就是黑眼圈。”

宋银提着的心重重放下，他踹了李子川一脚，愤怒道：“还不都是你打一晚上呼噜，隔着墙地往我耳朵里钻！”

李子川受了一脚，也不生气，干笑了两声说：“医生真是个文化人的职业。”

唬人都那么像回事儿。

过了会儿，李子川想起了什么，露出忧心忡忡又十分不舍的神色：

“许小姐，我们今天就带不了你了，去克什村的车七点发车，就在这边不远。你一个人，又长这么漂亮，路上一定要小心。”

许禾长这么大，还是第一次感受到这么浓烈的不舍情绪。

她父母都是医护人员，时常两班倒，每天忙得像陀螺一样，对她也十分放心，去哪里从来没空接送。

至于曲沉……

曲沉这个人，其实和陆岩有点像，永远一派风轻云淡、对什么都不上心的样子，情绪都藏在心底。曲沉和陆岩又到底不一样，陆岩心思更深，面上更稳，谁也摸不准他在意什么，真正的脾性如何，曲沉却容易被她激怒，在她面前总是像个操碎了心的邻家哥哥。

两相比较，许禾忽然有点想知道陆岩这层冷淡的皮下，到底藏着怎样的一颗心。

李子川还在叮嘱，浑身散发着慈父般的光辉：“到了沙漠，你一定要注意防晒，每年旅游季进沙漠中暑的人数都数不清……”

“行了，”陆岩有点不忍直视，插嘴说，“她不走。”

李子川和宋银都是一愣，似乎隐隐明白了什么，又好像不太明白。

“柯尔木文物保护队新成员许禾，请多关照。”

许禾站起身，伸出手，冲愣着的两人笑了笑：“我负责队内人员的伤病治疗。”

她平时很少这样真心实意地微笑，没人知道她发自内心地笑起来时眼睛会微微弯起，眼底满是璀璨的流光。像是冬天的冰雪在春天消融，整个人都柔化了，令人目眩，心驰神往。

她今天真的换了另一套衣服，是一件半长连衣裙。裙子上布满了鹅黄色的小碎花，腰掐得很细，露在空气里的一双纤细小腿，又白又嫩，像藕一样。

如果忽略许禾身边三个壮汉的话，她确实像是来这边旅游的，身上披着白色防晒衫，头上还戴着顶花边草帽，旅游标配。

这笑太吸引人了，李子川连忙伸手回握她："关照关照！谁不关照我削谁！"

宋银推开李子川，绅士地先鞠了一躬才跟她握手："我是宋银，今年二十七岁，你可以叫我宋哥。"

李子川又凑了过来，这回不喊"许小姐"了，他亲切道："小禾妹妹，我是你川子哥！"

"都介绍完了？"

久不发声的陆岩忽然开口了："介绍完了就准备上车出发。"

路上，依旧是李子川开车，宋银没睡好正在打盹儿。

许禾跟陆岩坐在后排，她正给陆岩的手臂换药。

陆岩最近一直在吃消炎药，手臂上的伤口没有恶化，结的痂在脱落，已慢慢地在长新肉了。

换纱布当口，许禾叮嘱他："别抽烟别喝酒，痒也别挠。"

"嗯。"陆岩眼皮微耷拉，短促地应声。

许禾低着头，柔软洁白的耳郭上有几颗痣都能瞧得清清楚楚。

清晨的风从车窗里吹进来，她垂在背后柔软微卷的长发飘了一丝在他脸上，一股栀子的清香若有似无地荡漾在他鼻尖，让他心猿意马。

车速一直在加快，许禾收好东西，整理好头发："这么赶？"

陆岩闭了闭眼，平复下身体里躁动的因子，嗓音低哑："考古队发现了一处新墓，以防万一，我们要赶在日落之前到驻地。"

许禾又开始拿湿纸巾擦手了，她不经意地问："你们之前接的那个许小姐呢？"

陆岩沉声："半路跑了。"

"小禾妹妹你不知道，"李子川控制着车速，跟她唠嗑，"岩哥之前就向市局申请要过好几次随行医生，人家都觉得咱们这地太荒、比较落后，不愿意来。好不容易这个许薇薇同意了，结果人家是为了逃婚接受的，半路知道要去的是个什么地方后又回去了，说是宁愿接受那段婚姻也不愿意过来，让我们白欢喜一场。"

"你说同样姓许，人和人的差别怎么就那么大呢？"

许禾放松了身体靠着椅背，身体一舒展，人就显得懒洋洋的。

她偏了偏头，毫不畏惧地问："柯尔木村真有这么可怕？"

陆岩抿了抿唇，换了种委婉的说法："条件不好，你做好心理准备。"

下午四点左右，车停了。

许禾把虚盖在脸上遮阳的草帽摘下，慢慢睁眼。

坐了一天的车，即便越野的坐垫再软再舒服，许禾也觉得腰疼屁股疼，何况他们还经过了一大段土路，凹凸不平的地面加上毒辣的日头，无一不是在挑战她的忍耐力。

这一路上，许禾已见过广袤的荒原和耸立着怪石的戈壁，心底对柯尔木村多少也有了个底。可真到了柯尔木村下了车，许禾才知道自己心里那点底还是太薄了，一戳就破。

这哪里是比较落后？简直是一穷二白！

入目满是枯槁、单一的景色，房屋的土色和植物的绿色交映。这儿植被种类很少，大多是耐旱的胡杨和沙枣树，以及角落生长的露出地面几十厘米的芨芨草。

这里竟连条像样的水泥路也没有，最引人注目的大概只有村口一棵挺拔向上的胡杨树了。房屋也不是一般村子里常见的红砖房，而是用黄土块垒成的泥土房，屋顶用黑瓦覆盖。老式的防盗窗，一根根细铁杆生满了锈，防风玻璃盖着厚厚一层灰。木板门上贴的去年过年时用的春联，已经褪色，半截还黏在门上，半截已经不知道被风刮去了哪里。不少房子的屋檐下摞着大堆大堆的干柴，墙角放着稀奇古怪的杂物，许禾从小长在城里，竟惊觉自己一个也不认识。

如果不是因为屋外或多或少晾晒着衣物，许禾都要以为这里其实是一个被废弃的荒村。

这片地方像是被上帝遗忘了，孤独、贫苦，却又拼命坚守，是她从未到过的另一个世界。

许禾一向平静的眼底也浮现出震惊和难以置信的神色。

这时，村边传来群羊“咩咩”的叫声，打乱了眼前的安静。

一道沧桑的声音带着浓重的口音喊道：“陆队长回来了！”

未见其人，先闻其声。

羊群后走出一个步履蹒跚的老人，皮肤暗黄无光，头缠白巾，身穿无袖褂子，手里拿着小鞭，赶着羊群往这边走。

陆岩朝老人点点头：“村长。”

随着羊群靠近，一大股膻味灌进鼻腔，许禾下意识地后退几步，眉头轻拧。

村长一眼就看到了许禾，笑得脸上皱纹挤在一起：“这女娃是你对象？长得真标致！”他比了个大拇指，指腹上的老茧清晰可见。

许禾忽然被提到，呆了一瞬。

陆岩微微一笑，说：“不是，是新队员。”

对许禾不是他女朋友这件事，村长显得有些遗憾，但听说是新队员，又惊讶起来："你们这行还有女队员呢，能干得了这些活吗？"

队里好不容易有个女队员，又是个娇养出来的大家小姐，那肯定是要被宠着的，哪能让她去干粗活啊？

李子川立即摆手："不干活！小禾妹妹是医生，只管治病的！"

"医生？"村长不大的眼睛眯起来，满脸都是和蔼的笑意，感叹似的吁了口气，"医生好啊，队里就缺医生！"

说了没几句，天边已经变得金黄，地里耕作的村民全都动身回来了。

陆岩怕人一多走不开，立即说："那您忙，我们先带她去休息。"

村长乐呵呵地朝他们挥手，干瘦的手臂仿佛只剩了皮包骨："休息好，一定要休息好！"

李子川拎着许禾的行李箱，和宋银一起走在前头，两人正絮絮叨叨说要先去帮她放东西，说完没一会儿就不见影子了。

许禾忍不住扭头看了看："村长高寿？"

暮色中，老人脊背佝偻，全无活力。

"七十六岁了。"陆岩跟她并排走着，壮实的身影将她整个罩住。

"比我爷爷小两岁。"许禾神色郁郁。

这样的年纪，本该在家里享清福才是。

许家的祖上靠着一个中医堂一直兴旺到如今，她从小不缺吃穿，算是不知疾苦。

许老爷子也一直活得清闲，中医堂交给了小叔叔，自己没事就养花逗鸟，只有少数时候才会去中医堂看诊。他平时总是精神奕奕、面泛红光，甚至会早起去跳广场舞，因此村长明明比他小，看起来却比他要老了不少。

许禾从头到脚的饰物都是能叫得上名字的牌子，陆岩只需稍微注意，就知道她平时不缺钱花。

他抿了抿唇，说："村长的儿子儿媳都因病故去了，如今只剩个孙子陪着了。"

陆岩带着许禾在村里转了一圈，村子很小，十来户人家，却很热闹。

这里的人大多养着羊，屋子后能看见修得简单却大大的羊圈，用木栅栏围着，叫声此起彼伏。

还有一户人家养着鸽子，"咕咕"叫着正在天边翱翔。

路上几个小孩拿树枝画了座房子，正围在一起玩游戏，一个个灰头土脸脏得不行。

看到人来，他们也不怕，都站直了齐声说："陆队长好！"

几个人乌溜溜的眼睛都紧紧盯着陆岩身后那抹鲜亮的颜色，有打量有好奇。

其中站在前排的一个男孩对陆岩格外亲，明媚的笑脸十分讨喜："陆叔，你可回来了！"

陆岩摸了摸他的脑袋，淡漠的脸上露出个笑来。

陆岩带的这支文物保护队住在村尾。

十来间木板搭成的房子，错落有致地分布在中央一间面积最大的房间周围。

这间房子明显是队内人员的重点保护对象，落了锁，里面应该放着从墓里出土的各类文物。

房子上挂着个简易牌子，简易的木制牌子上用记号笔写着几个劲拔大字，十分打眼。

——柯尔木村文物保护基地。

许禾盯了会儿，看向身边挺拔的男人："你写的？"

陆岩有些讶异："能看出来？"

许禾点头："当然。"

这几个字遒劲有力，一气呵成，一撇一捺都藏着锋芒，带着一股不容反抗的力度，就跟陆岩这个人一样，雕琢有度，知进知退，喜怒不形于色却散发着一股强大的气场。他总是给人一种看不透、猜不着的朦胧感。

这样的感觉太过吸引人。

许禾想知道，陆岩面上冷淡，内里会是怎样的热烈。

“来看看你的医疗室。”陆岩走到一间房前，扭头说道。

许禾快步过去，房内布置得十分简约，放着手术床以及药物架，常用的药品和手术用品都有，设备也是全新的。

陆岩看向她：“这是许薇薇没来之前就申请的，你看看还缺什么，我再向市局申请添上。”

许禾扫视一圈，房内干净整洁，空气中隐约还透着消毒水的气味，显然有人专门清洁和消毒。

在这样的地方，能有这样的医疗室已经算是相当不错了，她很满意：“暂时没有，有的话我会跟你说。”

这时，一道稚嫩熟悉的嗓音飘了过来：“陆叔！陆叔！陆叔救命啊！”

一个小小的人影匆忙跑了过来，然后在医疗室的门边上刹住脚步，不敢再往里走了。

他知道这里不是什么人都可以进去的。

小小的人看到许禾，愣了一下，似乎不知道怎么喊，最后还是喊了声：“姐姐！”

幸亏喊的不是阿姨。

许禾冲他点了下头。

“怎么了？”陆岩抬脚出去。

门口的身影瘦瘦小小，脸颊发红，眼睛却黑亮，他穿着蓝色马甲和大脚裤，脑袋上戴个白色花纹盖帽，一副少数民族的打扮。

罗纳珍惜地捧着一本表皮破破烂烂的书，十分自责地说：“我偷拿了爷爷存着的书来看，结果刚才不小心被阿伊莎撕坏了……”

“罗纳！”村长蹒跚着快步过来了，手里还是拎着那根赶羊的鞭子，“你给我过来！让你别动匣子里的东西，那书宝贵得很，你个兔崽子！”

罗纳抓着陆岩的衣角，躲在陆岩身后崩溃地大喊：“爷爷！爷爷我知道错了！”

村长气得跺脚，拿着鞭子往地上一抽：“你别躲在陆队长后面！出来！”

陆岩拦住村长，好声好气地劝：“您别气坏了身体，只是坏了一两页，用胶布粘一粘就好了。”

谁知村长苍老凹陷的脸颊上滑下来两行泪，肩头颤抖着说：“这书是哈格走之前留下来给罗纳识字用的，可我也不懂这些……”

他年轻时没受过教育，根本不识字。他怕罗纳太小不会爱护他爸留下的唯一的东西就一直不敢拿出来，没想到……想到罗纳现在九岁了，不能跟镇上的其他孩子一样入学，他就觉得愧对那死去的儿子和儿媳。

许禾瞥了眼罗纳手里的书，那是一本再简单不过的字谱。

许禾微蹲下身，指着封面，问罗纳："你认识这几个字吗？"

罗纳怯怯地看着她，然后仔细辨认了一会儿那几个字，才缓慢地说："入门字……最后一个不认识了。"

许禾指着最后一个字，声音轻缓："谱，这个字念谱。"

陆岩侧头。

女人指着字，神色认真，眼底清晰干净。她声音清越，咬着这个"谱"字，发音时嘴唇嘟起，微红的唇色，像是娇嫩的玫瑰花瓣。

让人忍不住想要采撷。

罗纳跟着念了一遍："谱，入门字谱。"

"这四个字的意思是——这是一本教人初步识字的书。"

罗纳一知半解地看着许禾，眼里带着纯粹的钦佩。

许禾从未见过这样渴望的眼睛，一如她从不知世界上还有柯尔木村这样的地方。

许禾一瞬间感觉到自己责任的重大，说："如果你愿意，我教你识字。"

她神情冷傲，眉眼都严肃起来，让人很快意识到，她不是在说笑，她下定了决心。

这副想要做好一件事的决然神情，陆岩第一次见。

像是重新认识了她一回。

“岩哥！考古队那边一切准备妥当了，李老让我问你，什么时候开挖？”

小路尽头走过来一个人，身材偏瘦，皮肤黝黑，像非洲人，只是没有贴着头皮的卷发。

男人大步走过来，看到许禾，先是一愣，然后憨笑了一声：“这就是许小姐吧，我叫黑米。”

黑米挠了挠头，有些不好意思：“听川子说许小姐长得特别漂亮，这么一看，还真是。”他见过的女人里，没有比许禾更标致的了。

许禾冲他笑了笑：“谢谢。”

黑米显然没想清楚这有什么可值得谢的，脸上露出了赧然的表情。

见他们有事要忙，村长拉着罗纳就想走，可罗纳惦记着识字的事情，踌躇着不愿意离开。

陆岩摸了摸罗纳的帽子：“先跟爷爷回去。”

罗纳看看字谱，又看看陆岩，再看看许禾，眼底满是期待。

许禾一向言而有信，知道他在想什么，于是道：“回去吧，明天再过来。”

罗纳重重“嗯”了一声，然后牵着爷爷往回走。

陆岩看向许禾：“去看看吗？”

许禾还没见过开墓，的确有些好奇：“我不是专业人员也能去吗？”

“你现在是队员，自然可以。”

“那走吧。”

古墓群的位置就在村尾不远，小路走个三分钟就到了。

这一片地方被挖了不少深坑，大多都是空的，东西应该已经运出来了。

墓穴附近并没有拉线，柯尔木村的村民全都知道这是什么地方，基本不会过来，剩下的就是队内人员，没什么好防的。

墓穴附近有零星分布着几顶帐篷，颜色不一，是晚上负责守夜的人住的。

新墓在古墓群的几十米外，附近围着大群人，李子川和宋银给许禾整理好房间后就直接来了新墓这儿，这会儿两人正拎着十字镐，琢磨着该从哪儿下手好。

宋银余光瞥到陆岩等人，立即喊了一声：“岩哥！小禾妹妹！”

他一出声，一群人唰地回头，清一色全是男人。

许禾出现在这里，就像是苍凉荒漠里开出的一株鲜艳玫瑰花。

然后他们疯了一样开始自我介绍，简直比当时的李子川还要自来熟——

“这就是小禾妹妹吧？妹妹你好！我是陈子轩！”

“小禾妹妹！我叫徐光！”

“这儿！小禾妹妹看我！我是钟大宝！”

许禾被他们热切的目光逼得快要站不住脚，两耳嗡嗡，差点一脚踩进土坑里，好在陆岩抓了她一把。

许禾身体半掩在陆岩的身躯后，压低了声音说：“你们队里的人还真热情。”

陆岩还是一派冷漠：“都是单身，习惯就好。”

许禾拿手指戳他后背：“问你个问题。”

“说。”

“为什么你见到我的时候，没有反应？”

……

“还是说，你不是单身？”

顿了下，陆岩说：“不是。”

“什么不是？”

不是单身？还是并非不是单身？

李世海拨开人群，手里还拎着个放大镜：“都看完了吧？看完了就准备挖墓！”

他蓄着一抹半长的山羊胡，头发半白，人却很精神。他另一手拿着洛阳铲，铲子上沾满了沙土，也不顾脏不脏，一铲子拍在最外围的徒弟屁股上：“你给我过来！人家许小姐能看上你这糟心玩意儿？”

陈子轩立马捂着屁股跳起来，愤愤地看着他：“师父！”

“叫什么？”李世海又拍了他一下，“让你跟着我考古，你来干什么来了？”

陈子轩满脸写着生无可恋，大叫道：“你在人家姑娘面前给我留点面子！”

这场景每天都要出现，一群人见怪不怪，乐呵呵地看热闹。

陆岩已经走近，自己先拿了手套戴上：“行了，李老，开始吧。”

他已经跳进了坑里，一米八几的个头在坑底站直了，露出健壮的上半身。

许禾站在边缘，居高临下地看他。他脱了外套，健实紧致的肌肉令人血脉贲张。

挖墓是个技术活，陆岩显然十分有经验，铲子尽量朝着同一个方向，一铲下去，黄土飞溅。

没过多久，李世海忽然说：“等等！”

所有人立即停下了动作，只见李世海用铲子小心地刨开沙土，没多久竟然刨出一截露出土面的木桩来。

他露出若有所思的表情，然后招呼陈子轩：“子轩，把你手边的东西刨出来，小心点！”

原来刚才他跟身边的陈子轩刨土时都遇到了阻碍，地里好像有什么东西挡住了他们下铲。

陈子轩“哎”了一声，脸上满是认真的神色，没多久也刨出根一模一样的木桩。

这两根木桩只露出土面一点，地里埋着的下半截显然更长。

李世海凝眉沉思了一下，然后说：“你们身边应该还有不少这样的桩子，都小心点，这可能是高古人的太阳墓！”

“啥是太阳墓？”李子川一脸蒙。

他们只负责文物保护和运输，对考古根本一窍不通。

说起来，警队里只有陆岩在这方面略有研究，不过在李老面前也就是个半吊子。

李老脱了手套，右手一下接一下地捋着胡子：“通俗点跟你说吧，就是外观形似太阳的墓地。这样的墓，棺材摆放在中央，周围用圆木整整围十圈，每根圆木之间的距离不超过二十厘米，修一座这样的墓，会耗费大量人力物力。”

能修得起这样的墓地的，一般都是族里身份地位显赫的人，很有可能是高古王族。

而这座墓附近那些小墓地里的人，应该就是太阳墓主人的陪葬品。

太阳墓这样精密的墓地，占地面积大，动工需要十分仔细。

先前他们在附近的土坑里挖出的只是简单的方形棺木，无底，两端立着挡木，虽也是高古人墓，却远不如这座太阳墓这样豪华。

这样的太阳墓里，说不定有什么意想不到的东西。

经过李世海这么一说，一群人立即心底微动起来，同时动作更加小心翼翼，生怕有个什么不当，破坏了这座难得一遇的墓。

一直挖到日落时分，天色暗了下来。

李世海看着暴露在外的一层又一层的木桩，眼睛微眯。

原本正常墓穴大小的土坑范围也越扩越大，照这速度挖下去，恐怕要挖到明后天去。

李世海当即下了决定："大伙儿都歇一歇准备回去吃饭吧，明天再干，太阳墓不好挖，晚上挖容易损坏墓地结构。"

这样的墓，必须好好保护着。

大伙儿都应声说好，扛着工具一个个从坑里跳出来，全都灰头土脸的。

许禾原本站着的地方已经被挖空了，她等得太久，自己找了一个背光的角落蹲着，在百度上找太阳墓的资料。忽然，眼前落下一个人影，手机屏幕因为调节自动亮度而变暗。

许禾微愣，抬起头，看到陆岩满头满脸的泥土，唯有一双形状漂亮的眼睛，眼珠黑得发亮。

“你们挖完了？”

她扭头看看，墓穴周围架起的木杆上灯泡亮着，夜色中人声散尽，哪还有人？

“嗯。”他从坑里上来没看到许禾，还以为许禾觉得无聊先走了，没想到人群走完了，他留在这里检查和守墓时，居然看到她在石壁后躲着，一副认真的样子在查资料，真是让人哭笑不得。

许禾关掉手机，想起身却因为蹲得太久腿麻又跌了回去，她拍拍小腿说：“拉我一把。”

陆岩伸手，把她拽起来。

男人的手又大又宽，指节分明，温热又有些干燥，手指上覆着一层茧，她的手被他抓进手心，包裹得严严实实。

陆岩根本没用多少力气，就把人拉了起来，他微微皱眉。

太瘦了。

好像被风一吹，就能吹跑。

陆岩垂眸看她轻盈地弹跳着活动小腿：“怎么不回去等？队里有专门的人负责做饭，他们会告诉你住哪里。”

“我闲的。”

话说间，吃完饭过来守墓的队友过来了，五个人，各个手里拎着个造型奇怪的木质手电，白皙的光线泄漏出来，清晰地照着这片地方。

这里的帐篷就是他们的。

徐光惊诧地说:“许小姐你在这儿啊?难怪吃饭没看到你。岩哥,这里我们来守,你快带许小姐回去吃饭吧,别让人家饿着了。”

徐光手一伸,把自己的手电给了许禾:“小禾妹妹,注意点脚下的路!”

许禾点点头:“谢谢。”

陆岩拍拍徐光的肩头:“辛苦。”

徐光“嗨”了一声:“这有啥,去吧!”

许禾盯着手电看,她还没见过这么奇怪的手电,很轻巧,几乎没什么重量。

陆岩见她感兴趣,解释道:“这是徐光自己做的,他喜欢倒腾些小玩意儿。”

“挺好的。”

夜里天冷下来了,许禾穿着裙子,没走几步,手臂上已全是鸡皮疙瘩。

陆岩看她抖了一下,把自己搭在臂弯的外套披在她身上。

黑夜里,女人身影娇小柔弱,裹着他的衣服,大半身体陷进去,只剩下两条小腿白得晃眼。

“陆队长,”许禾脚步微顿,看看肩上的衣服,揶揄地说,“没想到你这个人还挺细心的？”

“走吧。”陆岩忽略掉她的打趣，大步向前。

许禾站在原地，忽然笑了一下，这个男人……

她鼻尖全是陆岩身上的味道，没喷香水却很清冽，烟草味很淡，让人很安心。

第四章

这么多年过去了，许禾是他心底唯一的例外

吃完面疙瘩配牛肉汤，又和驻地的队员寒暄了一阵，陆岩带许禾去了她的房间。

今天所有人都累得够呛，许禾一走，他们就各自回房休息了。

不一会儿，大大小小的鼾声隔着门板飘出来。

许禾的房间算是队里最有特色的了，毕竟谁也不可能把房间里装饰得一片粉红。

许禾开门时，也是惊了一下。

——铺天盖地的粉，差点闪了她的眼睛。

粉色被子、粉色床单、粉色枕头，木板房内贴满了粉色樱花的墙纸，连地板都是，小小的木制梳妆台也是同色墙纸糊着，只剩面溜光的镜子还是本来的面目。

许禾半晌说不出话：“我给了你们我喜欢粉色的错觉？”

陆岩也觉得这片粉海和许禾实在不搭：“川子和宋银特意弄的，说女人都喜欢这颜色。”

他们待在柯尔木村好几年没见过女人了，有这种想法也是正常。

许禾虽然喜欢简洁，但是也不好辜负他人的心意，只能勉强接受了。

她环视一圈，整间房子一览无余，条件实在连一般都算不上。

许禾爱干净，又有轻微洁癖，最不能忍受一点：房内没有浴室。

其实许禾从到了柯尔木村下车开始，就没觉得这里的泥土房或者木板房里会安装热水器这样的东西，可她万万没想到，这儿居然连个浴室都没有！

她是这么想的，也就这么问了出来：“浴室呢？”

许禾这间房，说不上有多宽敞，却是队里最大的一间了。当初市局说终于有一位医生愿意过来时，队员们特意放下手头工作盖起来这间房，陆岩想着来的是女人，特意请村长帮着做了个梳妆台，这下所有人都觉得完美无缺了，没有任何人想到要有个浴室。

现在问题来了——

许禾是女人，总不能跟他们一样去公用的澡堂吧？

这时，屋外传来细碎的脚步声。黑米顶着一头薄汗走近，见到两人憨然一笑说：“岩哥，小禾，村长让我给你们说锅里还留着热水呢，再不用就冷了！”

队里因为人员不够,就找了村长和罗纳帮忙,每天做做饭烧烧水，领一份固定工资，虽然不高，却也是他们来钱最省力的一个渠道。

许禾这一天被晒出了不少汗，随手一抹黏糊糊的，十分不舒服，确实很想洗个澡。

她看向陆岩：“浴室在哪儿？”

陆岩难得沉默了一会儿，才说：“走吧，我带你去。”

队里就一个澡堂，搭建在驻地的最末尾，旁边不远就是驻地做饭的厨房。

村长坐在厨房门口的小板凳上，手里拿着旱烟杆，长长地吐着烟圈。

看到来人，村长立马起身，凹陷的眼窝处堆满了皱纹，却是笑着的：“陆队长，水要凉了。”

陆岩点点头：“您回去休息吧。”

说完，他进屋拿铁桶装了桶水，正想出来，忽然想起当年还在帝都办公的时候，休息时间女警们不知怎么忽然讨论起女人洗澡少说也要半个小时的事情……陆岩又拿了个桶，把锅里剩下的一桶水也装了，一手一桶毫不费力地提了出来。

灯光下，他手臂上的肌肉鼓起，力量感喷薄而出。

可许禾现在欣赏不来他完美的肌肉，从看到这对铁桶开始，她就本能地觉得不妙。

等陆岩把水提到旁边的澡堂里时，许禾终于忍不住了："在这里洗澡？"

这间澡堂只用了四块板子拼成一个简单隔间，连顶都没有，抬头就能看到天。

许禾自问不是什么矫情的人，但这也太为难人了不是？

陆岩已经从里面退了出来："洗吧，我在外面守着，没人会过来。"

许禾沉默半晌，皱着眉走进去，关上门。

头顶洒下的月辉朦朦胧胧，衣服一脱，凉意止不住地渗入皮肤。

她打了个寒噤忍不住想：为什么世界上还有这样的地方？

许禾出来时，陆岩刚好抽完一根烟。

他身高腿长、宽肩窄腰，就倚在厨房的门板上，月辉勾勒出他挺拔的身形。

完美得不像话。

许禾换了拖鞋，莹白的双脚在月光下仿佛散发着柔光。她左手提着装洗漱用品的袋子，右手拎着一双平底鞋缓缓走近，陆岩微微抬头，撞进她清亮湿凉的眼睛里。

她又穿了上回那条睡裙，吊带的裙子露出领口大片白皙无瑕的肌肤，精致明晰的锁骨凸出弧度，让人忍不住心颤。视线往下，宽松的睡裙被她美好的胸形撑出弧状……

许禾觉得冷，边走边裹他的外套，刚走近，鼻子就嗅了几下，敏感地说："你又抽烟了？"

陆岩的视线不着痕迹地从她胸前移开，喉结迅速滚了几下，他又想抽烟了。

许禾两手不得空，穿衣服的动作就显得很笨拙，挨挨擦擦间领口掉下来一片。

陆岩迅速从她手里接过东西，扭过头去："衣服穿好。"

许禾低着头边整理外套边应他："嗯。"

陆岩手里拎着她的鞋，他视力向来好，一眼就能看清鞋底映着的数字。

他一开口，嗓音哑得厉害，沙沙的："去休息吧。"

把许禾送回房，陆岩的身影隐没在了黑夜中。

他的背影高大、挺拔，像村子里的胡杨树。

许禾把门关好，反锁房门。

躺上床，不知道过了多久，许禾忽然被梦惊醒。

那个梦又一次跑了出来，铺天盖地的赤黄色。

漫天风沙里，一个女人拉着她，不要命地跑，仿佛身后有什么洪水猛兽。

身后确实有猛兽，黄沙张大了它的嘴——

“小禾，不要停！前面就出沙漠了，你去石壁后躲着！”

“阿姨，那你呢？”

“不要管我了，你快走！”

女人终于消失在了视野里。

手机屏幕亮起，才晚上十二点。

她只睡了一个小时。

许禾看着床头，陆岩的外套被她放在那儿，浅淡的烟草气息混合着陆岩身上那股清冽的味道，让她定了定心神。

有时候也觉得不可思议，但不可否认，陆岩是能给她安全感的人。

许禾披上他的外套出门。

月亮隐在云层后面，乌沉沉的。

驻地里的灯光全都熄灭了，所有人都睡了。

许禾走了几步，不知不觉就晃到了墓穴附近。

许禾正想往回走，忽然看到太阳墓附近掠过一抹黑影。

大晚上的，她背上渗出一层冷汗，风一吹，她发觉自己有点抖。

许禾下意识猫着腰躲在杂草后面。

理智告诉她，这个时候应该立马回去，可她的脚步却不受控制地缓缓移动着接近了墓穴。

离得稍微近了，许禾才看清黑影手里拿着挖墓的工具。

他在挖那座太阳墓。

许禾很想去墓穴的另一边叫醒帐篷里的人，可又怕会惊动了那人。

正纠结着该怎么做，忽然，黑影似有所感，猛地回头。

许禾呼吸立即一滞，以为自己被发现了，正要张口喊人，电光石火间，一只大手从身后捂住了她的嘴，按着她没有动。

许禾脑门攀上一丝冰凉，头皮都炸开了。

陆岩压低了声音，靠在她耳边："别怕，是我。"

呼吸吐纳，全都是男人身上熟悉的味道。

许禾紧绷的身体瞬间放松下来，脱力似的半靠在他怀里。

那具身体是温凉的、宽厚的，还带着冰凉潮湿的水汽。

许禾扭头，借着月光打量他。他头发湿润，软软地垂着，滴滴答答地往下滴着水，顺着脸颊流过线条完美的下巴，落进胸前的衣服里。

性感得让她挪不开眼。

许禾微愣："你怎么……"

他换了一套衣服，露在外面的手臂凉凉的，大概是用冷水洗了个澡。

陆岩身体压低："别说话，也别动，待在这里，不要叫人。"

他说完就弯腰低头闪了出去，动作迅猛得像一头捕食的猎豹。

墓穴那儿的戴着面罩的黑影一顿，连忙跳出土坑想跑，但是来不及了，陆岩直接扑了过去，两人在地上打了个滚。陆岩压在黑影身上，抡起拳头朝黑影的脸砸了下去，被黑影一偏头躲开。

黑影准确无比地拧住陆岩的左小臂，趁着陆岩吃痛的瞬间，扭转了两人的体位。

陆岩大约知道对方是谁了。他抬腿把人从身上扫下去，就要去捡黑影带来的那把洛阳铲。

许禾看得揪心，手指绞成一团，不明白陆岩为什么不许她叫人帮忙。

陆岩的手臂没好完全，他的恢复能力虽然好，可一支弩箭射进去，总要好好休养一段时间。

许禾越想心越乱，六神无主间看到地上有块不小的石头，一瞬间仿佛喝了酒一样胆大包天，捡起石头就往外冲。

黑影正把陆岩死死压在身下，他手里拿着把匕首架在陆岩脖子上，刀锋在月光下泛着冷光。

是真的刀。

是真的要他的命。

陆岩先前洗了个澡，脚上还穿着人字拖，那把常年藏在靴子里的刀没有带在身上，对比起来确实显得有些劣势。

他被迫仰着头，悄悄伸手摸到黑影遗落的那把洛阳铲，不动声色地握在手里。他忽然往黑影身后看了一眼，黑影一愣，回头的瞬间就让他钻了空子。

陆岩就地滚了一圈逃开，他喘了口气正要去抓黑影，忽然发现黑影身后真有个人！

那人散着黑发，洁白的裙子，惨白的皮肤，活像日本鬼片里的贞子，把黑影看得一怔。

身上穿的那件外套不知道被她丢在了哪里。

许禾抓着块石头，当头就砸了上去。

“妈的！”黑影低低咒骂了一声，一摸额头，全是血。他啐了一口，当即就要去抓许禾。

陆岩比黑影动作更快，稳准狠地抬腿踹了他一脚，把他踹得半跪在地，反扣住他的双手手臂，疼得他龇牙咧嘴。

“没事吧？”陆岩看向许禾，眼底压着三分不赞同，另外七分是担心。

“我没事。”许禾正想去摘黑影戴的面罩，没想到他忽然发难，整个人往前一撞，吓得许禾脚下不稳，一脚踩空！她身后是一米多深的墓穴，墓里全是坚硬的泥土石块，掉下去的话，她这身娇养着的皮肤全都得划破。

“小心！”

陆岩松开黑影，跃过去把女人柔软的身体揽进怀里，在半空中翻转两人的位置。

黑影一看形势不对，扭头就跑。

不到一秒，伴随着落地的钝响，陆岩闷哼了一声。

许禾被他坚硬如铁的手臂箍着动弹不得，整个人陷进他怀里。

“你怎么样？”许禾声线中透着紧张。

她伸手，摸摸身下的身体，想去碰他的后背。

陆岩忽然抓着她那只手，力道有些大：“别乱摸。”

他声音沉得不像话。

许禾手一顿，想起什么，脸腾地红了。

她讷讷地从他怀里出来，刚站好，就听见“咔嚓”一声脆响，在寂静的夜里十分刺耳。

许禾僵住了。她看着半坐起来的陆岩，有些欲哭无泪：“我好像闯祸了！”

陆岩看着她，黑眸有点润，没说话。

许禾缓慢地抬起自己的左脚，脚下是墓穴主人一条干枯的腿，从小腿到膝盖那一截已经断了。

——被她踩的。

许禾吞了下口水，目光灼灼地看着陆岩："队内人员无意损坏了古尸该怎么办？"

她特意加重了"队内人员"四个字，这样处罚起来总比无关人员要轻一些。

她小心翼翼又认真非常的神色，让陆岩稍微失声。

"你在想什么？"陆岩已经站了起来，拍拍身上的灰尘。

后背火辣辣地疼，他能感觉到湿凉的液体顺着脊柱滑下。

"过来。"他朝许禾伸出手，"没有处罚。"

许禾顿了一下，蹲下身把踩断的干尸骨头摆回原处，然后走到陆岩身后去。

他们白天没来得及挖开的墓穴已经被黑影挖开了，墓地里的情形一目了然。

棺木里并没有想象中琳琅满目的文物，反而简洁得令人不敢相信。

这样一座占地面积巨大的墓穴里，竟然没有什么陪葬品！

陆岩蹲下身，打开了手机照明灯，仔仔细细地看着那具干枯瘪瘦的尸体。

莹白的光线里投映出两道影子，挨在一起，有种说不清的暧昧。

忽然，陆岩视线一凝，抬起了干尸的脑袋，在他头下慢慢摸索。

陆岩神情肃然，忽而手指触到了一处丁点大却跟棺内其他地方不同触感的地方，眼神一动。

许禾十分好奇，在他身后探出个头："摸到什么了？"

陆岩手指灵活地打开那个暗格，从里面摸出一枚样子奇怪的条状物。

灯光照射下，条状物的样子也显露出来。

这是一枚虎符，通体呈黑色，虎嘴微张，四足跪立，尾巴卷曲，身上刻有金色字体。

一回到村子里，许禾就把陆岩摁着坐在了医疗室的椅子上，抿了抿唇说："上衣脱了。"

陆岩眼珠动了动："不用，小伤。"

"那我动手了。"许禾作势要去脱他衣服。

墓里的陪葬品件件棱角分明，他护着自己摔下去，后背肯定破了。

陆岩紧闭着唇，握住了她的手腕，那一截细瘦的手腕脆弱得像是一用力就能折断。

他双手交叉捏着衣角往上一翻，精壮的上半身就暴露在空气里。他蜜色的身体上腹肌块块分明，肉体完美得简直无可挑剔。

许禾握着酒精棉球的手一顿，微微偏开眼就看到他后背上的血痕。好几个窟窿，都在往外渗着血。

她去擦那些血迹，棉球刚接触到他的伤口就见他眉头细微地皱了皱。

她问：“疼吗？”

陆岩摇头。

许禾动作更轻了一点：“之后每天早晚我帮你消毒，免得细菌感染。”

陆岩轻轻“嗯”了一声。

李世海举着放大镜，将虎符上的每一个字符逐一细看。他边看，边拿笔将图案画下来，也将字符按照先后顺序写在了笔记本上。

陆岩对黑影的事若有所思，对外直接说这虎符是跟其他文物一起出土的，而不是自己晚上和许禾发现的。因为这段时间太忙碌，谁也没觉得不对。

半晌，李世海放下放大镜，捋了捋胡须。

窗外阳光正好，耐旱的沙枣树开着簇簇黄花。

陆岩抬手敲了三下门，不轻不重，力度控制得很好。

李世海放下笔记本：“进来吧。”

陆岩是被陈子轩叫过来的，他进屋也没说废话，直接问：“有结果了？”

李世海点点头，又捋了把胡子：“这虎符只有半块，构造有些奇怪，一面刻着虎身，另一面应该平整光滑才对，但这块虎符却不是这样的。它的背面有一处凹槽，凹槽边缘刻着好几条放射线，看起来像一颗升起的太阳。这个凹槽被打磨得很光滑，里面像是能容纳一颗眼珠大小的圆珠，古时候有那么一种刻在墙上的机关，门上嵌着铜珠，要想进去只有拿相应的钥匙开门。据我猜想，这虎符应该就是开启某一个地方的钥匙，另外的半块虎符就在那个地方。”

至于是什么地方……

虎符是古代皇帝调兵遣将用的兵符，一般用青铜或者黄金做成伏虎形状的令牌，一分为二作为信物。这样重要的东西，又被藏得很深，背后代表的地方一定十分庞大。

李世海初步猜测，虎符能开启的，是一座古城。

陆岩瞥到他描绘在纸上的字符，问道：“这些字呢？”

李世海“啧”了一下，责怪地看着他说：“你当我这是什么不费脑的工作？今天给我东西明天我就能翻译出来？”

顿了顿，他又说：“不过的确有些眉目了，再给我两天时间。”

陆岩点点头，还未说话，余光里忽然走进一道身影。

许禾穿着身禾绿渐变色的裙子，阳光下一身皮肤白得近乎透明，连飘在她周围细小的灰尘都仿佛亵渎了她。她扎起的长发下露出的一截纤瘦脆弱的脖颈，令人口干舌燥。

李世海顺着他的目光看过去，了然地说：“行了，去吧。”

许禾已经找了个安静偏僻的角落蹲下了，她把黄纸钱一张张折叠，然后点火，纸钱烧起来，往外冒着青烟。

许禾一张一张往火上加纸，火尖燥得她脸颊微红，她边加边诚恳地认错：“这位不知名的先人，昨晚是我不对，今天特意给您烧纸赔罪了……腿我也给您放回原位了，您不要怪我。”

她烧纸烧得认真，连身后有人都没发觉。

这副十足认真严肃的神情，看得陆岩想笑。

陆岩也蹲下身，抽了张纸钱放在火上：“你这纸钱哪儿来的？”

许禾一愣：“村口一个女人家里买的。你怎么来了？你不用去墓穴？”

最后一点纸钱也烧完了，陆岩把她拉起来：“一会儿去，你跟我来。”

许禾盯着自己屋子后面忽然多出来的一条沟渠，不明所以。

新翻的泥土垒在沟道两旁，干燥坚硬得仿佛能划破皮肤。

这条沟渠从她的房底蜿蜒出来：“干什么用？”

这时，一阵车轱辘声由远及近。

许禾扭头，发现一辆羊车慢悠悠晃了过来。

羊车上驮着村长和罗纳，他们身后的车板上放着个木桶。

村长拉着罗纳从羊车上下来：“陆队长，你要的东西做好了。”

陆岩已经把木桶从车上搬了下来："多谢。"

许禾不确定地问："这是……浴桶？给我的？"

她围着木制浴桶转了一圈，浴桶约莫一米三高，椭圆形，桶壁打磨得光滑顺溜毫不毛糙，工艺方面可算得上十分优秀了。

"外面买的？"

陆岩已经搬着浴桶到了她紧闭的房门前："村长以前是木匠，年轻时曾在西图卖过木艺品，如今年纪大了，也仍然喜欢这一手。我去的时候，他给罗纳做的浴桶刚好成型，看我需要，就改了图纸，先给我做了。开门。"

许禾讷讷地慢了一拍，才打开门。

先前空荡荡的屋内已经整齐摆上了女人的生活用品，有了点生活气息。

一股馨香扑面而来，跟许禾身上的味道一样清淡好闻。

陆岩把浴桶放在房间角落，拿刀在地面开了个不大的地洞："以后你就在房间洗澡，洗完的水直接往洞里倒……"

他微微抬头，还没说完的话就那么卡在了喉咙里不上不下。

透风的窗口上方，被许禾牵了一根细绳，上面挂着女人整套的内衣裤。

那抹黑色蕾丝，他见过一次。

陆岩耳根有点热，喉结迅速滚了滚，略显狼狈地移开目光。

他贴在裤缝的手蓦然收紧，手背上的筋脉道道分明。

脑子里蓦然闪过蕾丝下洁白娇嫩的肌肤。

许禾没想过自己的待遇竟然这么好，一方面既觉得自己给队里添了麻烦，一方面又十分感动。

她虽然不曾说过什么，但女人的生活总比男人要讲究些，很多时候也的确不那么方便。只是所有人都没有注意，唯有陆岩记得这些。

许禾抿了抿唇："你花了多少钱，我转给你。"

陆岩绷着面色，声音有片刻仿佛和平时不一样："不用，把你带过来，原本也委屈了你。"

他没在许禾房间多待，大步走了出去："你好好休息，有什么事去墓地找我。"

许禾看着陆岩迅速消失的背影，勾唇笑了笑："谢谢你，陆岩！"

等笑意消散了，许禾才走出去关好门，带着罗纳在旁边树下的阴影里教他认字。

罗纳的基础太差，许多常见的字他都不认识。

许禾捡了块尖石子，在地上一笔一画地教他写自己的名字。

阿伊莎等人原本想来找罗纳玩，一个小时后，个个手里拿着石子，都在写字。

这个时候的蝉鸣还算微弱，阳光日复一日的热烈，空气飘浮着细小灰尘。

许禾坐在树根下的石墩上，一手拿着书在监督，活像个来偏僻山村支教的老师。

几天前，许禾还在帝都忙着学业;几天后，她在大西北悠闲度日。

许禾的感慨还没维持多久，忽然听见“砰”的一声闷响，随即七点钟方向升起大团浓烟。

——那是墓穴的方向。

许禾脸色变了变，隐隐觉得不妙，于是立马把书放下说：“你们先写。”

她几秒间就去厨房洗干净了手，再回来时果然听见一大波零散急促的脚步声由远及近。

“许医生！许医生！救命！”

李子川的嗓门最大，圆脸上全是着急，这下也顾不上喊小禾妹妹了。

宋银也是满目着急，一点也不绅士地跟着喊：“快救命啊，许医生！”

陆岩光着上身走在最前面，脚步又大又急。

他后背背着个人，软趴趴的，垂在一侧的手臂上糊了不少血迹。

“这是怎么回事？”李世海从房里出来，原本还打算呵斥他们几句“吵吵闹闹的像什么样子”，待看到陆岩背上的人时，立即瞳孔猛缩面如土色，嘴唇颤抖着喊，“子轩？”

许禾跟着进了医疗室，关上门，拧着眉头边穿手术服边问：“怎么回事？”

陆岩气也来不及喘，嗓音又沉又暗哑：“他碰到了太阳墓里隐藏着的机关，被炸伤了。”

陈子轩已经晕过去了，腰腹间的出血口绑着陆岩的白短袖，已经浸满了血。

许禾打开照明灯，解开那件短袖。

灯光下，陈子轩身上全是还未干涸的血液。他上身的衣服破破烂烂的，被许禾剪开丢到了垃圾桶里，露出一片染了血的胸膛。

许禾纱布堵住出血口，又拿棉花蘸了酒精去擦拭陈子轩身上的血迹，忽然意识到陆岩还在身边，于是头也没抬地问：“认识手术器械吗？”

往常她主刀时，身边总会有个打下手的。

陆岩看着摆放在旁边的一系列泛着冷光的手术器材，脑海里仿佛有个声音在挨个辨认。

止血钳。

组织剪。

手术刀。

手术镊。

布巾钳。

陆岩以前待在帝都时，队里有位法医。

有一次法医解剖时，他就在旁边。

“认识。”陆岩哑声说。

许禾有些意外地看了他一眼，手上仍有条不紊地装配麻药。

一针下去，她能清晰地看到陈子轩痛苦地皱起了眉头。

原本那张奶油小生一样的脸，此刻苍白得没有一点血色。

陆岩看着他腹部明显的一道伤口，眉心蹙成“川”字，眼底隐隐透着血丝。

陈子轩的伤口看着血肉外翻十分吓人，但其实并不深，处理起来不是很麻烦。

“镊子。”许禾伸手，手套上染着血。

陆岩把镊子递过去，看到她眉目认真地清理着伤口里的土粒石子。

陆岩几乎能想象到许禾穿着白大褂在医院里穿梭的情景。

她手里应该拿着病历单，拿着笔，身后跟着护士，查房时不苟言笑却又认真仔细。

“缝针。”

“持针器。”

许禾把伤口缝好，又用线剪剪断了线头才说："伤口不严重，挂几天水消炎，两周后拆线就行。"

医疗室房门紧闭了许久，门外的人或走来走去，或坐地沉默。

宋银和李子川又跑了一趟墓穴，陆岩跟许禾出来时，他们刚好回来。

黑米首先注意到医疗室的门，喊道："门开了，开了！"

李世海虽说平时对陈子轩又是打又是骂的，可到底人是他看着长大的，这两个小时里可谓备受煎熬，见人出来立马问："许医生，我徒弟怎么样了？"

屋外，除了徐光和几个守墓的人不在，其他人全都在，一双双眼睛全都殷切地盯着她。虽然他们没有开口，可眼底全写着这个疑问。他们中有些人也受了伤，并不严重，就被忽略了。

许禾觉得，这些能够装得下他人的心，十足赤诚。

她的手术服还没来得及脱，却也管不了那么多，想把这个好消息立刻告诉这些担心陈子轩的人，她笑着说："没事，一会儿就能醒了。"

闻言，众人都松了一大口气。

足足两个小时，从中午等到了下午，幸好等来的是好消息。

宋银慨叹地呼了口气："幸好是自制炸药威力不强……"

否则陈子轩，或者他们这些人估计都不能站在这里了。

李子川后怕地拍了拍胸脯:“以后挖墓得更小心点了。”

知道陈子轩没事，一群人就蜂拥着往厨房走，准备好好吃一顿。

人群散了，才露出人墙后边站着的男孩儿，右手脏兮兮地捏着颗石子。

其他孩子都走了，只剩他一个，黑亮的眼睛看过来。

罗纳满是佩服地盯着许禾，他的脚边上，是歪歪扭扭却一个比一个写得好的“罗”字。

许禾已经脱了手术服，拍拍他的肩膀:“罗纳，你做得好，去吃饭吧。”

罗纳从心底里崇拜许禾，因此许禾说一是一，立即点头跟上大部队去厨房了。

“陆队，没想到你还有这能耐。”许禾眼尾微微扬起，眼睛里有太阳洒下的光，明媚得晃眼。那张比巴掌大不了多少的脸上，洋溢着温暖的笑意，整个人柔和得不可思议。

陆岩觉得心里涌起一股酥麻的痒意，一直从心底，蔓延到了心尖尖。

不知道什么时候起，看到许禾，他会不自觉软化棱角，心底柔成一片。

陆岩其实知道，这不是什么好现象，他要做的事情还没做完，不应该让自己有所顾虑，也不应该让对方有所担忧，可——

这么多年过去了，许禾是他心底唯一的例外。

许禾泡进浴桶里，浑身毛孔都舒展了。

热水有种缓解疲惫的功效，许禾闭着眼睛放松了一会儿。

她受不了自己身上有血腥味，宁愿洗完澡再去吃饭，反正村长会留她的份儿。

躺了一会儿，许禾觉得不对，似乎有双眼睛在哪里注视着自己。

这个想法刚冒出来，她霎时头皮一紧，赶紧往水里沉了沉。

许禾第六感向来准确，她不着痕迹地扫过整间房屋，又发觉那道视线消失不见了。

到底是谁？

许禾脑海里映出了一张张人脸，直到她第一个否决了陆岩，才恍然惊觉不知什么时候，她对陆岩竟然信任到了这种地步。

许禾找不出任何有嫌疑的人，她咬了咬牙迅速穿好衣服，然后立刻在网上下单了防狼喷雾和几个微型摄像头。

看来，这里也不比其他地方安全多少。

不过这个人要是被她抓到了……

许禾习惯了面上不显山不露水，走出房门时她平静得仿佛什么也没发生过。

屋外没有人，灼目的太阳光刺得眼睛发酸。

陆岩端着饭菜走过来："再不吃凉了。"

碗里装着清淡的手擀面，面上漂着油花和香菜，牛肉片摆在一边。

回族人做的牛肉面面条劲道、口感独特，即使许禾是南方人，也吃得惯。

她端着碗，坐回沙枣树下那个石墩上，状似不经意地问："陆岩，队里除了考古队外，其他人都是警察吗？"

太阳墓里的东西已经在上午搬回了队里的储藏室，队内难得清闲。

陆岩正吹着哨子，遛着附近人家养的鸽群。

鸽群扑扇着翅膀，在空中结队绕了一圈，像是空中忽然从远处拉近的一张大网，然后纷纷落在了地面吃食。

这些鸽子通体灰白色，不怕人，只要手一伸，就会飞来啄掌心的食物。

陆岩拍拍手掌，扭头说："不全是，你问这做什么？"

他没说谁是谁不是，很保守的回答。

许禾低头吃着面，忽然觉得嘴里的面条也没有滋味了："你什么时候带我进沙漠？"

这事就算许禾不问，陆岩也已经做好打算了，他说："等过几天把这批东西交到文管局。"

许禾正想问他"过几天是几天"，就听他手机响了。

他的铃声是手机最初始的一串纯音乐，许禾见他拿起手机，顿了几秒才接听。

直觉告诉许禾，这个来电的人，是个女人。

“喂。”陆岩一贯低沉的嗓音响起。

“陆哥，是我，我是双双！”

许禾看了会儿，她听不见对方的声音，不过看陆岩面色，对方不像是他的上级。

之前许禾问过陆岩是不是单身，陆岩的意思她没摸透。

这么看来，陆岩应该是有女朋友的？

真是可惜了。

许禾站起身，也不打算再问什么，直接去厨房洗碗了。

TA XIANG FENG YI YANG ZI YOU

第五章
许禾，做个好梦

陆岩说几天，就真的是几天。

五天不过，陆岩等人整理出三辆车，车内都装着用防震膜包裹好的文物。

陆岩视线不着痕迹地在一队人里扫了一圈，然后收回。

“川子、宋银各带几个人，咱们分三路走，你们路上记得联系在洛尔波和平城县的兄弟来接应，都小心点。”

李子川和宋银都应道：“知道了，岩哥。”

两辆车一前一后分别开走，陆岩正想开车，副驾车门忽然被打开，随后坐进来一个人。

淡淡的女人香毫无障碍地钻进鼻腔。

陆岩俊挺的眉皱了下，看向许禾：“你干什么？”

身边的女人扎着利落的单马尾，没上妆，五官秀气挺好看，一身轻便的长袖衣裤，条纹衬衣的翻领下，露出小半截白皙漂亮的脖子。

许禾目视前方，一周时间过去，她已经能够完全坦然地接受这个狭小的村子。

许禾：“怕你一个人孤单，跟你一起去。”

陆岩脸色有些不好看：“别闹，我一个人是因为有经验。”

许禾压根不听：“我跟你一起去，万一你受伤还能看着点。再说，我去西图还有别的事，不光是为了你。”

陆岩并没有就此妥协，甚至他连车都没有发动：“路上危险，你下去，有什么事情我帮你做。”

许禾没听，仍旧一动不动地坐在座位上。

她有自己的考量。

在她看来，跟在陆岩身边才是最安全的做法。

队里还有人留在驻地，谁知道她待在村子里会发生什么。

最靠谱的三人都走了，万一那偷窥狂又出来，这穷乡僻壤她连跑都没法跑。

陆岩紧抿薄唇，双眼微压，无端透出一股匪气：“听话。”

这样类似于诱哄的话从他嘴里说出来，让人十分不敢置信。

但也只是一瞬间，许禾就稳住了心神：“你放心，我会顾好我自己，不给你添麻烦。”

沉默了一会儿，陆岩发动引擎，越野车开始轻微震荡：“可能会遇上独眼那群人，你做好心理准备，如果害怕，现在下车。”

许禾一动也没动。

陆岩暗自叹了口气，开车。

远远将柯尔木村甩在身后，许禾余光瞄了瞄陆岩。他面色算不上好看，下颌线绷得很紧，透出一种冷硬的性感。

驶过怪石嶙峋的石林遗址，就到了视野开阔的戈壁。

天空有些阴沉，却不像是要下雨的征兆。

风很大，吹得许禾头发不听话地飞起来。

周围安静得只剩下车轮碾过地面的声音。

放眼望去，满地苍黄，像是茫茫天地间只剩下她和陆岩。

许禾忽然觉得，等自己哪天离开了滨海，一时半会儿怕也忘不掉陆岩了。

就在她思绪放空的时候，越野车忽然一个猛刹。许禾一时不察，也没系安全带，就这么一股脑儿砸在了储物箱上。

许禾捂着额头，正想爆两句粗口，这才发觉他们的去路被人堵住了。

戈壁虽然宽阔，但是正儿八经的土路就这么一条，此时两辆吉普车堵在前方，看着就让人觉得杀气腾腾。

是冲着他们来的。

“哥，他们来了。”光头推推身边的男人说。

“废话,老子不会看吗？”独眼吐掉嘴里叼着的那根狗尾巴草,“这小子总算来了！”

独眼狠狠地按着喇叭，刺耳的车鸣就在这宽阔的地方传开了。

一声接一声，声声长鸣，根本没有停下来的迹象。

戈壁滩实在太宽阔，周围又没什么东西挡着点，巨大的噪音直入双耳。

许禾耳朵都快被震聋了，心想对面的人是不是脑子有点问题。

——这么大的声音，他们自己不觉得刺得慌吗？

陆岩面色几乎没变一下，越到这种时候他越冷静。

过了半分钟，车鸣熄了。

对面传来独眼的声音：“下来谈谈吧，陆队长！”

话音刚落，许禾就看见有几个车窗口上架着东西。

看那样子绝对是组装好的弩弓，弩箭已经搭在了弓上，箭头正对着他们的方向。

许禾曾跟着曲沉学过一段时间的箭术，见过类似的弩弓。

不过这种能用在独眼等人手里的弩弓，看着要比俱乐部的威力强上好几倍。

许禾莫名想起陆岩之前手臂上中箭的样子。

血淋淋的。

她心底隐隐发慌，一扭头就抓住了陆岩尚且还握着方向盘的手，冲他摇了摇头。

下去了会成为靶子的。

陆岩目光微沉，视线直直透过面前车辆，看向低沉的天空。

“会开车吗？”陆岩忽然问。

许禾看看方向盘，点头：“会。”

风越来越大了。

窗口透进来的风无端让人觉得冷。

尽管是在骄阳如火的七月。

陆岩反握住许禾的手，从他手心传递过去的温热直达许禾心底。

粗粝的掌心握着她的手，有种奇异的温柔。

他说：“放心。”

话音刚落，“咔嗒”一声，门锁解开。

许禾的心也跟着跳了下。

身边座位空了，陆岩已经下了车，甚至顺手把车门“砰”地关上了。

独眼带着五六个人靠着车身等着，见他走近，眯了眯眼说：“陆队长，咱们明人不说暗话，我要你手里这批东西。”

陆岩冷笑：“只要你能从我手里把东西拿走。”

独眼也笑了，有点嘲笑他不自量力的意思：“陆队长，你识相点，你只有一个人，我们有这么多人，真要打起来……”

他话没说完，光头忽然凑到独眼身边：“大哥，不是一个，他车里还有个女人。”

陆岩立即皱了皱眉。

独眼露在外面的那只眼睛一瞪，流里流气地说：“哟，女人啊……是上回阴了我们一回的那个女人吧？”

不用独眼多说，光头就嘿嘿一笑说“大哥我懂了”，然后带了人往越野车走去。

陆岩双眼一压，敛起的一身气势尽数散发，明明是代表正义的警察，身上却透着股阴诡的匪气：“别动她！”

眼看着光头就要走到越野车边了，独眼看着陆岩越来越冷的脸色，心情很好。一向冷静的陆队长居然露出这样的表情，这让他心里一阵舒爽。

独眼点了根烟，狠狠吸了一口，吐烟圈时露出一口黄牙：“我知道你们这次肯定挖出来了不少好东西，那个墓那么大，样子也罕见得很，听说以前只在新丘那地方出现过。这样吧，只要你把挖出来的所有东西给我，我就不动你的女人，怎么样？”

陆沉看了眼天，动了动嘴唇。

独眼没听清，把烟一扔道：“你说什么？”

刚才趁着没人注意，许禾已经不知不觉间挪到了驾驶座，摸到方向盘的瞬间，她狠狠呼出了一口气，像是心里终于有了底。

陆岩之前说：“我下车后，一定会有人过来抓你，你看准时机开车，不用担心会撞死人，他们这群人灵活得很。”

这时光头正带着人一左一右准备开车门，她一咬牙，点火，开大灯，越野轰地冲了出去，吓坏了外头的一挂人。

光头几乎是被车挨着鼻尖过去的，反应过来时，额头上已经全是冷汗了。

刺眼的光线扫过前方，独眼还没来得及看清，越野车已经冲了过来。

趁着一群人叫喊着四处躲闪的空隙，陆岩飞快上前一步，一脚踹在独眼肚子上，然后快跑几步，他双腿长而有力，一跃跳上了越野车尾挂着的备用轮胎。

几乎是一晃眼，陆岩就爬上车顶蹿进了窗户里。

独眼捂着肚子，疼得五官扭曲在一起：“陆岩这小子真狡猾！都愣着干什么，还不给老子追！”

许禾白着一张脸，眼睛死死盯着前方，双手根本不敢松开方向盘。

她下唇因为紧张被咬破了，殷红的血珠冒了出来。

陆岩已经从后座爬到了副驾驶座上，他看了眼天色，又看了看后视镜里紧紧跟着的两辆吉普车，抿了抿唇说：“掉头，往回开。”

许禾不可置信地瞪大了眼睛：“你疯了吗？掉头干什么？自投罗网还是同归于尽？”

不管哪一种，许禾都不愿意。

陆岩已经把后排和副驾驶的车窗全都关闭了，他说：“听我的，往回开。”

许禾咬牙，女人在据理力争时的嗓音总有些尖锐：“你要死别拉着我一起！”

忽然，车外响起闷闷的声音，天地一下子变得阴暗。

像是某种东西即将到来的前兆。

许禾的右眼皮突突直跳，在这一瞬间脑海里闪过什么画面，快得令人抓不住。

那个场景太压抑了，漫天风沙混合着惊狂的叫喊，凄厉得像是被人用刀子割着肉。

陆岩沉声道：“许禾！快！沙尘暴来了，往回开！”

这一嗓子直接把许禾从短暂的失神中拽了回来，她紧盯着已经看不见前路的远方，抓着方向盘的手紧了又紧，来不及分辨自己刚才看到的画面是什么，她只能猛地一个大转头，离开土路，开上凹凸不平的戈壁滩，然后往回疾驰。

他们刚掉头，身前黄沙就铺天盖地翻涌着卷了过来。

因为高大的越野车开在最前，挡住了身后独眼等人的视线，此刻许禾迅速掉头，漫无边际的黄沙就把身后来不及做准备的车辆笼了个严严实实。

越野车底盘高，轮胎耐磨，又经过改装，在戈壁滩上开着并不觉得很难受，只是车轮碾过戈壁石时震得人手脚发麻。

身后的黄沙还在追赶着他们，片刻不停。

原本透着光亮的苍穹已经彻底暗了下去，宛如被蒙尘的明珠。

很快，沙子追了上来，猛力拍打着车窗，发出令人头皮发紧的声响。

这要是打在身上该有多疼？

这个瞬间，许禾这才恍然意识到，陆岩一开始就做了准备。

他一路上没开驾驶座的车窗，回到车内做的第一件事也是关闭窗口。

许禾眼也不敢眨，头也不敢回，只能定定看着还没被覆盖的前路。

这是一次速度的较量。

身后的东西犹如洪水猛兽。

陆沉说：“再快点。”

许禾咬紧牙关，加大油门。

她从拿到驾照到现在还没这么飙过车，疯了一样。

注意力集中到了极高的程度，许禾终于看到了石林的影子。

陆岩又说话了：“右转，往下。”

穿进石林，到处都是看不见尽头的小路，仿佛往哪里走都不对，都是死胡同。

可陆岩很肯定。

车速不变，许禾努力稳住自己因为害怕撞上石壁而微微发抖的手，顺着陆岩指的路走。

风沙因为石壁的阻挡而小了不少，许禾缓缓松了口气：“太刺激了。”

陆沉偏开头，看到她脸上充血泛起的红，像到了季节熟透的樱桃。

他平直的嘴角微微软化，拉出一个弧度，说：“别怕。再往前开几分钟，路口左转，有一个我两年前挖好的窑洞。”

按照他说的，许禾还真在前面的黄土背下看到扇门。

大概是这里太久没人来过，门口居然长了几株矮小的植物，被厚重的沙尘盖着，灰扑扑的。

沙子还在刮，下车时直往眼里、嘴里灌，许禾眼睛进了沙子，看不清东西，一个劲儿流眼泪，只能像个瞎子似的伸手想摸到车身寻找依靠。

“许禾。”风里送来一道声音，听不太清。

许禾闭着眼努力辨别着方向，忽然一个模糊不清的身影走过来，不由分说把她揽进了怀里。

她睁不开眼，沙子搓得她眼眶发红，几乎是被陆岩半抱着进的窑洞。

男人高大的躯体，把风沙挡去了一大半。

门一关，外面有多大的动静都跟他们无关了。

窑洞内有点黑，陆岩拍掉身上的沙土，开手机灯的时候看了眼信号柱，是空的。

许禾已经把沙子揉出去了，通红的眼睛像是浸过水，润莹莹的。

陆岩盯着她的眼睛，用拇指擦干她眼角的泪水：“还好吗？”

许禾点点头，一开口才发觉自己嗓子干涩得不像话：“还好。”

等她完全能看清了，她才发觉陆岩肩膀上不知什么时候背了个黑色双肩包，鼓鼓囊囊的。

陆岩像是变魔术似的从包里摸出个小型保温杯，拧开盖子给她倒了杯水：“喝点水。”

许禾连灌了两杯才把嗓子润了润。她坐在洞里那张简易的木板床上，背靠着墙，面色不改，缓了口气才看向陆岩的眼睛说：“陆队长，我该说你未雨绸缪还是说你本来就是故意的？”

从被围堵，到这场沙尘暴，一切都好像在他掌控之中。

门板被风沙砸得砰砰作响，窑洞里却安静得过分。

陆岩抿了抿唇：“我说过要你别来。”

许禾有些疲惫地笑了笑，她摆摆手，声音有些无力：“我真是对你越来越有兴趣了……什么时候沙才会停？”

陆岩保守地说：“不知道，风不停沙就不会停，我们恐怕得在这里过夜。”

他们从柯尔木村到这儿已经是下午了，再过几个小时，天就会彻底黑下去。

外面风沙肆虐，可见度很低，出去很容易迷失方向。

忽然，一声“咕噜”从许禾肚子里传来。

他们一路上都在赶路，午饭根本没来得及吃。

陆岩从背包里摸出个沉甸甸的纸包，一打开，里面装着风干的手撕牛肉。

许禾接过肉干：“嘿，准备得还挺齐全。”

许禾开始觉得新鲜，结果肉干太难嚼，没吃几口她就觉得腮帮子疼，一抽一抽地疼。

许禾把撕了小半的肉干放回纸包里，决定再也不吃这东西了。

陆岩大概看出了她不喜欢吃肉干，于是停下吃东西的动作，从包里摸出包压缩饼干给她。

许禾看着那包饼干："你观察力还挺强。"

陆岩没理她。

吃完饼干，许禾没事做，半靠半躺着看陆岩吃东西。

他吃东西不像队里其他人一样狼吞虎咽，虽然也大口在吃，却十分注重咀嚼的过程，竟然让许禾从中看出了一股斯文的味道。

真是疯了。

许禾闭了闭眼，努力拼凑起之前脑海里闪过的零零碎碎的画面。

黄沙飞扬的天空下，女人拉着她的手，拼命想带她逃离这个令人压抑的地方。

恨极了的土黄色蔓延速度快得惊人。

身后是什么状况已经完全看不清了，许禾只能听见被埋没在沙土里的游客们失控地大吼。

许禾无疑是最幸运的，事发时她正被那个眉眼柔和得仿佛天上明月光一样的女人带着去了偏僻的土堆后小解。

沙尘暴袭来时，她们离得最远。

许禾从没觉得赛跑有那么难，可这次她要超越的不是人，是一场灾害。

跑着跑着，许禾踢到了露出地面的石子，整个人不可控地往前摔去："啊——"

这一下摔得太重，许禾憋着两泡眼泪低头一看，膝盖上的运动裤布料破了，正往外渗出血水。

“小禾！快站起来！”女人大声催促，温热的大手抓着她细瘦的胳膊。

眼看着破败的村落出现在前方，就在许禾以为她们得救了的时候，身后被滚滚黄沙淹没的地方忽然传来一声焦急的喊叫：“妈！”

女人牵着她奔跑的动作忽然一顿，机械般扭头。

许禾拉了拉她的手：“阿姨？”

那一瞬间，女人眼底露出如化不开浓墨一样的悲痛：“小禾，你快跑，阿姨必须回去！”

许禾站在原地，没拉得住她，眼睁睁看着她冲进沙尘暴里，一点影子也不见了：“阿姨！”

……

许禾猛地睁开眼，心尖像被针扎了一样，漫出疼意。

当时，她为什么没有能力拉住她呢？

如果她拉住了那个女人……

如果她也躲进了村子里……

“做噩梦了？”陆岩问。

“没睡着。”

许禾抓了抓胸口，想以此来缓解内心深处那阵难以言说的悲伤。

那个阿姨到底活着还是死了？

陆岩简单整理了一下单薄的床单，把背包垫在床头："躺下休息吧，睡一觉风沙就停了。"

许禾依言躺下，后脑枕着背包，却还睁着眼睛："你呢？"

手机散发着的那一束光线，让他整个人清冷得像是天边月光。

陆岩拉开冲锋衣的拉链，在床边抖了几下，把卡在拉链缝隙处的沙子都抖干净了，才盖在她身上："我守夜。"

这里并不见得非常安全，何况他还得防着独眼等人找过来。

许禾竟然真的觉得眼皮很沉，高度紧绷后神经忽然放松，疲惫感一下子袭来。

他的外套很大，她半张脸藏在冲锋衣领口，狠狠吸了一口气，满满都是安心的味道。

陆岩就坐在床边，背靠床头的墙壁，偏偏脑袋就能看清许禾的脸，泡在冷白的光线里。

她睡姿规矩，不会乱动，睡着的时候像个没有生机的瓷娃娃。

陆岩把灯光熄灭，洞内霎时宛如黑夜。

伸手不见五指的空间里，有另一个人的吐息在他身旁。

多久没有这样的感觉了……

“这儿可真漂亮！”

一个大腹便便的男人拎着相机，不停地拍摄着眼前美景。

脚下覆盖着沙土的荒漠，地面上张牙舞爪的梭梭草，远处险峻漂亮的怪石，以及细沙上干枯了斜斜倒在地面却别有一番风骨的胡杨……

这是西北独特的美。

陆岩没有随手拍照的习惯，比起看沙漠，他更在意的显然是耳机里那段流畅的英语听力。

陆岩双手插兜，背靠着一棵枯树，视线闲闲地扫过四周，看见个穿着运动服的女孩子正骑在一匹骆驼上摆造型。

俗气的 V 字手势挡在右眼处，她笑得见牙不见眼。

在所有人都兴奋地四处走动感受大漠风景时，陆岩看着身边爸妈住的帐篷紧闭着，有些无奈。

都说了，人过三十要服老，他们却偏要在他高考前带着他出来放松心情，结果呢——

一觉睡到下午。

英语听力已经进行到了尾声，他一抬眼，骆驼背上的女孩又换了个造型。

她亲昵地抱着骆驼的脖子，即使眯着眼睛也遮不住眼底闪耀的活力。

陆岩正好点开了相机，随手就把这个场景拍了下来。

这时，导游从帐篷里走出来大声吆喝道：“大伙儿都过来一下，听我说！”

他们这次的导游是个男人，三十来岁，体态匀称，一头头发乌黑油亮。

陆岩把手机放回兜里，缓步走了过去。

导游举着面印着旅行社图案的小红旗说：“明天咱们的行程就结束了，不过离这里不远还有个月牙滩，那儿有汪泉水，风景更好看，大家想去的举个手，这个行程不在规划内，不过来了不去看看就有点可惜了，我可以免费带大家去！”

他刚说完，三十来个游客全都举了手。

免费的谁不想去？

陆岩觉得去一去也没什么，他正准备举个手，忽然听到他爸号了一嗓子：“我不同意！”

拎着相机的男人看了过来：“你脑子不好使吧？这么好的事干吗不去？”

陆成岭铁青着一张脸瞪着他：“天下没有白吃的午餐，你贪这点小便宜做什么？”

陆岩的妈妈宋芝也从帐篷里出来了，眼底一片青黑，显然没休息好：“我也同意，大家千万别去！”

人群里陆陆续续传来骂声，说他们脑子不灵光。

这时，导游又挥了挥旗子："我李明凯向大伙儿保证，这一趟绝对不花钱，再说了，这沙漠里也没有店铺，能有啥值得花钱的地方？"

他都把话说得这么明白了，一时谁都懒得去管陆成岭和宋芝。

半个小时后，大部队坐车到达路的尽头，之后徒步进入月牙滩。

月牙滩附近那汪泉水被当地人称为灵泉。灵泉两侧都被细沙围着，四周植被不多，但绿得晃眼，在一片橙黄的荒漠里尤为显眼。

几个当地人赶着骆驼在这儿歇脚，累得捧起泉水就喝。

许禾从远处跑过来，红色的运动服像团火焰一样："阿姨！"

许禾的姑姑许昕然在坐大巴车来的路上就觉得跟宋芝很投缘，正好双方都是帝都人，聊起天来十分投机，所以许昕然背包里带的东西经常会让许禾给他们拿一份。

十七岁的陆岩这一年身高疯长，比许禾高出可不止一个头那么多，他摘了耳机低头盯着许禾秀气的发旋："哟，小矮子，这次带的什么？"

许禾气鼓鼓地搡他一把："没你的份！"

小姑娘细胳膊细腿出手软绵绵的，推半天也推不动他。

宋芝看笑了，等笑完她才问陆岩："你爸呢？"

陆岩耸耸肩："不知道，刚还在这儿，看他好像跟导游走了。"

宋芝慢慢变了脸色。

不等宋芝再说话，许禾拉拉她的手，把她拉到一边，悄悄在她耳边说了句什么。宋芝把手里的零食往陆岩怀里一放："你在这儿等着。"然后带着许禾越走越远，越走越偏。

陆岩抱着满袋子的零食笑了下："这小矮子还挺会享受。"

他从袋子里摸出条巧克力，撕了包装丢进嘴里，还没完全咽下去，忽然惊觉吹过脸庞的风越来越大了。

身边的细沙全被风卷起，短短几秒，原本澄澈的天空已被染黄了一半。

春季正是风季，他们遇上沙尘暴了！

陆岩急忙捂着口鼻，在慌乱的人群里找人："爸！"

沙漠里信号不好，可好歹打出去了，熟悉的铃声在他周围响了起来，没被接听。

陆岩一边得顾着口鼻不让沙子进入呼吸道，一边闷声喊人："爸，你应我一声！"

他又打电话给宋芝，可这次原本应该在很远处的铃声又一次在周围响起。

他妈明明带着许禾走了，这么短的时间根本过不来。

陆岩脑门上蓦地攀升出一抹凉意。

隔着沙尘，他看到了李明凯，李明凯裤子口袋里的手机亮起，露出一角，在振动。

陆岩感觉后背发凉，他好不容易在沙尘里看到陆成岭，还没来得及说话就看到他爸顶着一脸的伤，正淌着血，像是跟人打架留下的。陆成岭手里死死攥着一个相机，看到他立即说："陆岩，快带着相机跑！快！保护好相机里的东西！出去就报警！快跑！"

怔愣间，陆岩被慌乱暴动的人群撞得一个趔趄。

他捂着口鼻，再回神，沙尘更大了，什么也看不清："爸！爸！"

陆岩拿着相机，凭着直觉往一个方向跑，边跑边喊："爸！妈！许禾！"

他记得宋芝跟许禾是往这边走了。

"三月十日起，A 国西北地区沙鸣省滨海市月牙滩遭受近十几年来最强沙尘暴袭击，附近四五座村庄被掩盖，同时进入月牙滩的一个旅游团也受到重创。截至十三日，此次沙尘暴已造成二十三人死亡，近百人受伤，搜救队正全力进行救援，伤亡人数仍在增加。"

陆岩躺在病床上，半晌，他关掉手机，隐忍悲恸地哭出声。

陌生的相机里安安静静存着好几张隐秘的图片。

黑夜里，月光下，沙土里埋着的古墓开挖到一半，还未露出原貌。

从那片沙土周围的景象来看，这个地方赫然就是月牙滩。

照片里陆续出现些不认识的人，不是游客，却也不像当地村民，正是一伙盗墓贼。

陆岩继续翻下去，看到其中有一张拍进了李明凯和三四个男人的身影，他们把他的父母围在中央。李明凯手里拿着根棍子，正指着半开的墓穴，看样子像是发现了什么。

相机里的照片都会自动生成时间，这张刚好是三月九日的凌晨两点。

原来在他不知道的时间里，他们被逼着去找了古墓。

西北一带，算得上 A 国文物最多的地方了。

陆成岭和宋芝都是考古学家，平时也没少从帝都跑到这边来，可他们根本没想到，旅游团的导游会是盗墓贼。

陆岩了解他的父母，他们不会愿意做这样的事，一定是李明凯拿他和其他游客威胁他们了。

在手机被缴的情况下，他们甚至做不到偷偷报警。

陆岩忽然就想，他爸是怎么从李明凯手里把这个记录着他们盗墓的相机抢出来的。

或许正是因为这场突如其来的沙尘暴，他爸找到了机会。

“三月十三日，警方接到报警称春华秋实旅行团导游李明凯是盗墓者。经过核查，这个导游并不是李明凯本人，而是冒用了导游李明凯的身份。警方已在市第一医院附近抓获李明凯，据他交代，冒用导游身份的人正是他结交的兄弟李坤。”

“目前沙尘暴已经停止，而死亡人数也达到了三十四人之多……”

“据现场记者拍摄情况来看，月牙滩附近的状况很不乐观。”

陆岩看着视频上的画面，一颗心沉到了谷底。

几天后，陆岩接到一通电话：“请问你是陆岩吗？我们想请你来认领一下你父母的遗体。”

尽管自己也做好了心理准备，可真到了这个时候，他整个人仿佛被雷劈了一道，大脑一片空白，连该露出什么样的表情都不知道。

陆岩根本不记得自己是怎么挂断的电话，他浑浑噩噩地见到了两具并排放着的尸体。

这个瞬间，他忽然失去了力气，不敢去掀开那层意味着他永远失去了亲人的白布。

时间在黑暗里慢慢流淌，许禾也因为疲累睡得很沉。

到了后半夜，一直维持着仰躺姿势的许禾忽然动了一下。

陆岩是个警察，即使睡着了脑海里也紧紧绷着一根弦，几乎是许禾一动，他就醒了。

门外的风声停了，四周安静得仿佛针落可闻。

他微微偏头，凭着感觉摸到许禾的脸，凉凉的，没什么热气。

他低低地问：“怎么了？”

许禾根本没有清醒，含混不清地说 :“冷。”

陆岩愣了一下，放在她脸上的手被一双小手拉住，紧紧贴在了她的脸颊上。

他的手心是热的，像火一样的温暖。

伸手不见五指的地方，陆岩垂眸，笑了一下。

——许禾，做个好梦。

T A　X I A N G　F E N G　Y I　Y A N G　Z I　Y O U

第六章
这个男人，性感起来要人命

许禾醒过来时，窑洞里只剩下她一个人。

四周冷清清的，好像没有第二个人踏足过。

她坐起来，惊讶地发觉在这么简陋的地方，她居然睡得那么沉。

冲锋衣还盖在身上，许禾花了两秒让自己清醒一点，这时，门被打开。

陆岩裹着一身阳光回来了。

他身后是晨光熹微时浅金色的天际，身后是风沙过后土地被覆盖的荒凉。

两种极端的杂糅，却美得惊人。

陆岩手里拿着口杯和牙刷，递给她：“去洗漱吧。”

许禾从床上下来，摸了摸自己略带着颗粒物的脸，嫌弃得不行。

她接过口杯和牙刷才发觉都是湿润的：“你用过了？”

陆岩点头，脸上的水珠顺着刚毅的面庞落进脖子里。

许禾沉默了一会儿，这种时候再讲究可就有点矫情了，她向来不喜欢矫情。

她走到外面，沙土积了厚度，灌得她小白鞋里硌得慌。

陆岩把保温杯留在那儿，里面的水还剩了大半。不过即使这样，许禾想用洗面奶洗脸的想法也仍然不能付诸行动。

但这已经是陆岩能省下的最多的水了。

许禾看看窑洞开着的门，忽然觉得心底软了软。

这个男人，永远都会用实际行动让人感觉到他冷酷的外表下那颗细腻的心。

许禾洗漱完，就见陆岩一手拎着背包，一手拎着她的小包，走向了不远处那辆越野。

这一夜经过风沙侵袭，越野已经完全看不出原先的样子了，整个灰突突的像是山壁的一部分。

陆岩提起一脚踹在车身上，沙尘哗啦啦落了一地，露出了越野车漂亮的军绿色。

陆岩的手机忽然响了，是李子川的电话。

李子川的大嗓门即使不开扩音也听得清楚："岩哥，没事儿吧？一直不接电话可担心死我了！"

陆岩开了车门把东西丢上去："没事，遇到沙尘暴，信号断了。"

李子川先是爆了一句粗口，然后又说："岩哥，我跟宋银已经回村了，我们昨天都被围住了，你猜得没错！"

陆岩"嗯"了一声："守好村里的东西，我们下午就回。"

李子川连连应声。

许禾走到跟前，扶着车身脱了鞋把沙子抖出来。

陆岩低头看了一眼，又收回了视线："我已经让人给你带了鞋过来，过两天就会到。"

许禾以为只是队内人员在外办事顺手就买了她的鞋，也没想太多，点了点头。

等她把鞋穿好，余光扫过后座被塑料泡沫包裹得严严实实的东西，忽然说："你这一趟是故意的？包裹里装的也不是文物吧？"

陆岩面色不改，他脸上根本看不出什么："为什么这么说？"

许禾已经坐到了副驾驶座上："你要是真想去市里，这点时间下午可回不去了。"

她当时从市里过来，坐车差点坐吐，一来一回少说得花上两天左右。

其实她从昨天的遭遇来看，就知道陆岩并不是真的要去文管局。

他算准了沙尘暴会发生，特意选好了这个时间出门，也想好了遇到沙尘暴后的退路。

的确，陆岩算好了这些。一切都那么有条不紊，唯一出乎他意料的，是许禾。

陆岩已经发动了车子，震动下车子其他地方的沙尘也被抖落下来。陆岩掉头把车从小路上开出去，才说：“我只是在试探一件事。”

“什么？”

“内鬼。”

这件事只有他和李子川、宋银知道，三人是并肩多年的战友，他们之间有绝对的忠诚。

包裹里的确不是文物，只是伪装文物的石子。

许禾过了会儿才说：“你告诉我，不怕我说出去吗？”

陆岩扭头，定定地看着她：“你会吗？”

许禾：“不会。现在去哪儿？”

陆岩得到回答就把视线落在了路面：“你不是要去西图？”

许禾一愣，才知道陆岩说下午才回去是因为她。

他们出发时是早上七点，空气中还混合着细微的尘土。

到达西图时，正好十点整。

许禾在车上勉强吃了点肉干垫肚子，她强忍着腮帮子的酸痛咀嚼着。

没办法，昨天那包压缩饼干是陆岩包里唯一一包。一块肉干下肚，她喝了半瓶水。

下了车，陆岩去买饭，她就去找短信上的地址取快递。

绕了一圈，许禾才在一个不起眼的地方找到了快递点，拿了东西。

她正边走边拆快递，等把东西拆完丢进包里，忽然一抬眼，看到旁边一家饭馆里坐着几个人。

这些人她太熟悉了。

就这么电光石火间一瞥，坐在最外侧的光头一下子跟她对上："大哥！是那个女人！"

许禾脸色一变，快速跑进人群里，一边跑一边感叹自己运气真不好。

她不知道陆岩现在在哪里，也没时间打电话给他，只能想办法自救。

正当不知道怎么办时，身边一家挂着快掉色的酒吧牌子的店里忽然走出个美女，大胸翘臀，浓妆艳抹，穿着暴露，双手挽着身边男人的胳膊，笑容暧昧。

经过许禾身边时，那男人色眯眯地盯着许禾看了好几眼，美女空出一只手捏了捏男人的屁股，才把他的注意力给抓了回去。

许禾忽然间灵光一闪，快步跑了进去。她刚进去，就被里面震耳欲聋的音乐声刺得耳膜发疼，劣质刺鼻的香水味止不住地往鼻子里钻。

许禾回头一看，光头和独眼等人正被门口那几个女人缠着。

独眼一把推开身边的女人，一只眼睛瞪得很大，死死在人群里搜索。

许禾咬了咬牙，拐进了女厕所，然后给陆岩打电话。

那边接得很快，像是一直在等。其实她如果不打过去，陆岩也准备打给她的。

许禾关上厕所隔间的门，背靠着门喘气："陆岩，我在玫瑰酒吧被独眼他们堵住了。"

陆岩抬眼看了看酒吧的位置，不远。他随手就把打包好的饭菜放在脚边上窝着的一个流浪汉跟前，快步走了。

许禾从包里摸出盒气垫，对着小镜子涂抹。

因为只是出门办事，许禾把大挎包换成了小包，该带的化妆品却一样没少。

眉笔、眼线、眼影、睫毛膏、口红，五分钟后，许禾原本的脸完全变了个样。

镜子里的女人，妆容浮夸，皮肤死白，一张唇却像是喝了血一样红。

许禾脱了牛仔裤，扎进腰间的长衬衫刚好遮住屁股和大腿。她解开衬衫的两个扣子，拉下肩头的衣服，把衬衫当成一字肩穿，再把头发散开，拿绑发的蓝色发带束腰，露出两条匀称笔直的腿。

做完这一切，许禾拍了拍胸脯吐出一口气，才敢打开厕所的门。

独眼等人就堵在附近，喧闹的酒吧里气氛火热，五颜六色的灯光晃得人眼睛疼。

许禾经过光头身边时，见他只看了自己一眼就又开始找人，心里才有了点底。

她的样子有很大改变，跟酒吧里其他玩乐的人并没有什么区别。

许禾穿过人群，正好看见陆岩准备进来。门口站了独眼的两个兄弟，她快步过去，在陆岩还没跨进门的瞬间挽住他的手臂，带着他往外走，娇声嗔道："哎呀，你来了！"

陆岩皱眉，有些抗拒地想把手臂抽出来。

"是我。"许禾忽然压低声音说。

陆岩盯着仿佛换了个头一样的她，一时竟有些无言。

后背瞥来几道视线，许禾心底突突地跳，闭着眼硬掐着嗓子把声音变得柔和得仿佛能滴出水来："我等你好久了，等得心焦，你怎么才来？"

她矫揉造作的声音，听得自己都起了一手臂鸡皮疙瘩。

陆岩暗自觉得好笑，这个女人，每次都让他觉得惊喜。

女人半个身体贴着他，他环住她的腰。

那一截腰，柔韧纤细，盈盈一握，像是挺拔向上的秸秆。

许禾挽着陆岩的手臂时不时回头看，终于在第八次回头时，被陆岩掰着脑袋看向前方。

男人嗓音清淡无欲："没有追来，放心。"

终于到了停车的地方，许禾狠狠松了口气。

他们的车停在一户人家的后门口，很隐蔽。

许禾松开陆岩，一颗扑通乱跳的心终于安静下来。

陆岩从上往下看她。

女人原本整齐的衣裳被她自己扒得露出一对香肩，黑色的内衣带子就挂在圆润的肩头，洁白的双腿在阳光下泛着莹润的光泽。

陆岩忽地眼神一暗："裤子呢？"

许禾一时间没跟上他的节奏："什么裤子……哦，你说牛仔裤？扔了。"

扔在厕所的垃圾篓里了。

"你……"她一定不知道自己现在是什么样子，即使顶着艳俗的妆，也依然像个要来勾魂的妖精。

陆岩喉头滚动得厉害，终于还是什么都没说，直接开门从驾驶座上的背包里翻出那件冲锋衣给她。

“遮住。”

“不是吧你？”许禾拎着衣服，有点哭笑不得，“我这身在帝都可是能直接穿去逛街的。”

见陆岩眼睛并不看她，许禾盯住他的耳朵，他的耳根红了一块。

许禾更想笑了：“陆队，真没看出来你还会害羞？”

陆岩哽了下，从她手里拿过衣服，拉开拉链围在她腰间，再蹲下来把拉链拉好：“不是害羞。”

冲锋衣的长度刚好从她腰间到小腿肚，那抹莹润的白终于消失。

“走吧。”他嗓音沙得厉害。

许禾看看自己被包裹的样子，意味不明地笑了。

回到柯尔木村，正值黄昏。

天边红霞，地上芜荒，好像又回到了许禾第一次来的时候。

罗纳一直在村口的胡杨树旁边等着，听到声音就停下了在地上写字的手。

这几天的练习，他已经能够流畅地写出自己的名字了。

许禾刚下车，罗纳就跑了过来，他仍旧穿着褂子和宽腿裤，发黄的小脸上挂着担忧：“小禾姐，我爷爷昨天不知道为什么昏倒了，你能抽空给他看看吗？”

许禾的妆已经在回来的路上卸掉了，除了唇色还有点红外，又恢复了以往那副清新妍丽的样子。

她臂弯里挂着那件冲锋衣，眉头拧了一下：“行，我一会儿就过去。”

正巧阿伊莎来找罗纳写字，两人就走远了。

走到村尾，队里的人几乎都坐在空地上聊天。

唯一一把太师椅在陈子轩身下，一群人把他供得像个老大爷似的。

陈子轩闭眼享受着晚风吹拂：“川子，水。”

李子川一把拍掉他的手：“够了啊，你使唤我一天了！”

许禾先去换了衣服，她光着两条腿，经过人群时感觉到一双眼睛一直盯着她。等她回头，又发现所有人都在聊天，好像刚才的感觉，是她的错觉一样。

李世海手里捏着几张纸，兴奋地对着大开的窗户挥手：“陆队，一个好消息要告诉你！”

他这几天日日夜夜都在研究虎符上的字符和图案，终于有了成果。

陆岩大概也能猜到他要说什么，就推门进去了。

李世海平复了一下心情，才把纸摊开在桌上：“这些字我已经翻译出来了……而且我猜测这枚虎符就是游牧民族高古人王族墓葬的钥匙。当年身为游牧民族的高古人杀进新丘，赶走了新丘的原住民，控制了新丘，后来另一个更为凶悍的民族大败高古人，高古人便撤离了新丘，也就逃到了这里定居。”

“我们之前找到的那些墓，就是逃亡路上死掉的高古人墓，另外的一部分应该……”李世海指了指虎符，神色十分认真，“都在这儿。至于太阳图案……高古人供奉太阳，认为太阳是万物之灵，这几乎可以说是高古人的一个象征。他们所使用的货币上也是这样统一的图案，甚至一些王族还会在自己居住的地方刻上这样的图案和文字以代表尊贵的身份。这座墓的墓底我也看过了，有这样的图案。”

恍惚间，陆岩想起了沙漠附近的克什村里那座博物馆里的东西。

那里有一座墓，也被断定为王族墓，墓底就刻着这样的图文。

李世海显然也想起了这回事：“这座太阳墓的主人地位要高于克什村里那位，所以才会有虎符陪葬。虎符上还指明了王族们生前选择好的死穴地点……”

陆岩的唇抿成了一条直线，脸上虽没什么表情，眼底却隐隐有两团火焰在跳动。

这是他兴奋的表现。

文字破译的消息当晚就在队内传开了，一时间众人都有些兴奋。

陆岩只让李世海放出去一半的消息，说高古人的墓葬群位于沙漠西边。

许禾把摄像头装好，连接了手机进行实时监控，做完这一切才去厨房吃饭。

她这么一拖，队里其他人都走完了，就剩下陆岩在等她。

陆岩把一碗看着就很倒胃口的炒面片推到她跟前："之前村长晕倒，川子让村长回去休息了，饭是黑米做的，将就着吃。一会儿我带你去村长家给他看看。"

许禾拨了一下面片，随口"嗯"了声。

正吃着东西，宋银背着个黑包，过来跟陆岩告假。

宋银家里有点急事，告完假就火急火燎地走了。

许禾吃了两口，面片中间还是夹生的，她往垃圾桶一丢然后洗了碗："走吧。"

村长家住得不远，泥土造的房，三小间。

老式的灯泡上盖着一层灰，有蛛网缠在上面。

堂屋没人，罗纳正在村长床边上聚精会神地描字谱，听到声响立即从里屋走出来准备去倒水。

许禾端着杯水四处瞥了瞥，才被罗纳带去里屋。

村长半靠在床上，干瘦的身体仿佛皮包在骨头上。他脸色青灰，时不时咳两声，嗓音像是揉了沙子一样粗粝："陆队长和小禾怎么过来了？坐。罗纳你去外面写字，别搅了你小禾姐看病。”

罗纳应了一声就跑出去了。

许禾看到村长的样子，就感觉心底“咯噔”了一下。

她坐在板凳上，余光还能看到床边的痰盂里盛着夹着污血的青痰。

等罗纳的背影不见了，许禾才问：“您是哪里不舒服？”

村长眼睛里一片混浊，无力地摆手笑了笑：“没力气啊，总是腹痛，骨头也疼……”

他伸出的那只手，像皱了皮的枯树枝。

许禾之前看见窄小的厨房里放着碗没吃几口的面，于是问：“也吃不下饭？”

村长点点头。

许禾眼底黯了黯：“出现这样的情况多久了？”

村长叹了口气，下垂的眼袋一片乌青：“我就晓得瞒不过你啊……”

陆岩看着许禾，皱眉道：“怎么了，是什么病？”

许禾拉着他的胳膊，示意他别说话。

“很久了。半年前就觉得浑身使不上力气，那时没当回事，也没去医院。我们这样的小地方，出去一趟不容易，我也不想麻烦陆队长……”

“我以为拖几天就会好了，没想到越来越严重，最后还是去了西图做检查，医生说是肝癌。现在变成这样也没必要去医院了，那笔钱是留着罗纳以后生活用的……我没什么要紧，半截身子都入土的人了……”

原来他心里都清楚。

许禾只觉喉间发苦，一时竟说不出什么话反驳。她在医院见多了悲欢离合，心境早已不是常人能比，这一刻心里却结实地一痛。

陆岩紧蹙着眉：“钱不是什么问题，您让小禾先看看再说。”

许禾平复了下心情，尽量维持着清冷的嗓音说：“介意我看看您的腹部吗？”

村长颤颤巍巍地掀起洗得发白的棉衫。

果不其然，腹部已经有了大面积肿块。

这样的症状，是很明确的肝癌晚期。

村长疲惫地闭了闭眼，然后眼带祈求说：“陆队长，小禾，拜托你们别跟罗纳说，他还小。”

许禾沉默了好长一段时间，才说：“您放心，这段时间您好好休息，不要操劳也别动气，有空就去外面散散步，对身体有好处。”

这是她唯一能做的事了。

出了门，意外地没在院子里看到罗纳，不知道他去了谁家里玩儿。

许禾跟陆岩并肩走着，一如刚来时那一晚，月明星稀，虫鸣鸟叫。

“没有办法了？”陆岩问。

“肝癌的治愈率很低，一般发现时就是中晚期而且晚期居多。村长把这事瞒了半年，早就错过了最佳治疗时期，现在的状况已经很不乐观，最多还有六个月。”

许禾没办法想象一个七旬老人每天忍着痛苦，装作什么都没发生似的跟所有人相处。

她第一次感觉到在病痛前，人的力量有多渺小。

沉闷的气氛一直持续到第二天上午，许禾带着罗纳和其他三个孩子在一个废弃的草棚里认字。

许禾正感慨地写到“人有悲欢离合，月有阴晴圆缺”，忽然听到外边传来一阵阵说话声。

一群汉子的嗓音里，夹杂着一道银铃般清脆的笑声。

这地方有人来了，来的还是个女人。

这时，李子川来喊她去吃饭。

一出草棚，许禾就看到外面站着个身姿挺拔的女人。

女人穿着灰色短袖和黑色宽大阔腿裤，四肢纤长，体态轻盈，眉眼精致柔和，眼睛清澈，浑身有种很娴静的气质。垂至后腰的长发被编成了一股麻花辫，发尾的头绳上还缀着朵黄白色栀子花。

女人也看到了她，顿时一愣，脸上的笑容也消散了不少：“你是？”

许禾跟她差不多高，人却并不热情，清清淡淡站在那儿，像是夏天里独自盛开在水面的莲花。

李子川笑嘻嘻地站在两人中间，乍一看还真有点独享艳福的感觉。

他左手抓着许禾："小禾妹妹，这是李双双，省文工团的舞蹈演员，岩哥的师妹。"

他右手抓着李双双："双双啊，这是许禾，我们队里新来的随行医生，岩哥的……呃……"

李子川有点摸不透他们之间的关系，干脆闭了嘴，然后把两人的手交叠着放在一起，十分欣慰且满足地说："这下好了，咱们队里终于出现了'双花'这样历史性的场面！"

许禾跟李双双对视一眼，一齐把手抽了出来。

李双双四下看了看，面露疑惑之色："陆哥呢？怎么不见他？"

李子川拍了拍脑袋："噢噢噢，岩哥去墓地了，一会儿就回，咱们先去吃饭吧！"

"那好吧。"李双双依依不舍地看了眼墓地的方向，然后跟着李子川走了。

厨房里摆的六张桌子周围都坐了人，一时间熙熙攘攘的，很有种过节的气氛。

事实上，今天的确是端午节，不过回族人不过端午，所以村里并没有人包粽子。

李双双跟这里的人显然都很相熟，看样子没少来这片地方。她从帆布袋里拎出真空包装好的粽子分发，她带的不多，一人发一个，好让他们解解馋。

陈子轩最近遵从医嘱，看着粽子不敢剥："小禾妹妹，这个我能吃吧？"

他腹部的线已经拆了，伤口恢复得很好，现在只剩下一条碗大的疤。

许禾点点头，给予肯定："能吃。"

陆岩从外面进来，一身风尘地坐在了许禾身边的位置上。

许禾眼看着李双双一刹那眼底里涌现出的惊喜立刻又转化为失落，竟有种莫名其妙的愉悦。

"墓里还有东西？"

"没，出土完了，只是过去走了走。"

陆岩刚说完，李双双就轻移莲步走了过来，笑着往他碗里放了个粽子，有些羞涩又十分期待地说："陆哥，我给你们带了粽子，我亲手包的，你的是肉粽，快尝尝看好不好吃！"

陆岩道了声谢。

李双双手里已经空了，她看向许禾，不好意思地说："对不起啊许小姐，我不知道你在，所以只带了队里人员的份。"

"没关系。"她本来也没想吃粽子，但李双双对她的敌意实在大到让她难以忽视，她笑了下，话题一转，“不过要是宋银知道你没带他的份，估计会觉得委屈。”

李双双一怔，然后环视一圈，果然没看到宋银。

李双双说队里每个人都有，但是宋银告假回了家，按理说应该刚好还剩一个才对。

李双双银牙紧咬，有些尴尬地说：“是吗，那可能是我记错了人数。”

陆岩已经把粽子剥开了，顺手夹到了许禾碗里：“吃吧。”

许禾看着碗里那个嫩生生的肉粽，挑了挑眉。

李双双紧了紧拳头，愤愤地坐回去吃饭了。

到了快傍晚的时候，木板房中央的空地上被黑米和另外几个人堆起一个柴垛。

许禾路过，顺嘴问了句：“这是做什么？”

黑米冲她腼腆地笑了笑，脸颊上泛起一抹红晕。他像是有些不好意思，挠了挠头才说：“川子说今晚弄个篝火晚会，他在村长那儿买了两头羊，庆祝咱们工作暂时告一段落，也给你和双双办个宴，岩哥也同意了的。”

许禾笑了下，兀自调侃：“给我和李双双办什么宴？喜宴吗？”

黑米眼睛上看下看就是不敢看她，闻言摇了摇头，脸涨得通红：

“是接风宴。”

许禾“嗯”了声：“行吧，辛苦了。”然后去了陆岩的房间。

她敲了敲门，陆岩就在房内，开门很快。

许禾还是第一次真正意义上的进入一个男人的房间，于是颇有些好奇地打量了几眼。

陆岩的房间一如他本人——

冷沉、肃然、工整。

他拎出个纸袋递了过来：“试试看。”

许禾奇怪道：“什么东西？”

她蹲下身把纸袋里的盒子打开，里面赫然装着双黑色高帮靴。鞋子刚好是她的尺码，鞋带也已经整齐地穿好了。

她问：“你上次说让人带鞋过来，那个人就是李双双？”

“嗯。”

“你和她是什么关系？”

“她是我师妹。”

“只是师妹？”

陆岩顿了下，看向她：“你想是什么？”

许禾不自然地讪笑着：“我以为她是你女朋友。”

陆岩轻皱了下眉，硬挺的眉峰往下压了压：“我没有过女朋友。”

“哦。”许禾嘴上轻飘飘地应着，心底却莫名涌起一股愉悦。

他说的是“没有过”，没有，也没有过，这算不算是一次间接地交底？

陆岩高大的身影挡在她眼前，他身上已经许久没有闻见的烟草味又淡淡地飘散开来：“我们在柯尔木村的工作就要结束了，我带你去沙漠。”

李老已经勘察过，柯尔木村的最后一座墓就是太阳墓，只要把最后一批文物运送出去，他们在这里的任务也就结束了。而他所在意的那个人，应该也要出现了。

“好。”

夜幕降临，队内人员全都坐着聚在柴垛边。

陆岩在一片欢呼声中起身点了火，一时间火焰蹿起，照亮了他的脸颊。他脸上带着笑，是很少见的那种发自内心的笑意：“等最后这批太阳墓里出土的文物交出去，我们在柯尔木村的任务就完成了。一年的努力没有白费，大家都是功臣，今晚好酒好肉，大家不醉不归！”

他背对着篝火，肆无忌惮地展现出一个男人的魅力——挺拔有力的长腿，劲瘦的腰，结实的胸膛，性感的喉结，以及那张被打磨得棱角分明的脸。

这样的陆岩对女人来说有种致命的吸引力，他就像是飞蛾燃烧自己也想要去扑的那团火。

徐光和李子川率先应和："不醉不归！"

陈子轩也被这气氛感染，一种离别前的伤感之情油然而生。

二十来岁的小伙子红着一双眼，跟着大喊道："来，不醉不归！"

李世海闻言敲了他一个栗暴，一把胡子都快翘上天了："你醉什么你醉？伤口没好全啥都不许吃！你个糟心玩意儿，回去了让我怎么跟你父母交代？"

众人纷纷拍掌大笑。

这些人之间相处不像队员，倒像是家人。

许禾看着看着，也笑了，她歪头去看陆岩："你们这么嗨，到时候醉倒了被人偷窃怎么办？"

许禾想了想那个画面，就好比游戏里双方对战，敌方准备好了大招准备战一场后发现对方全躺在水晶里睡觉一样。

陆岩摇摇头："他们来不了。"

柯尔木村附近的地方他们很熟悉，那群人的驻地绝对离他们很远。再说，上次那场沙尘暴留下的后遗症就够他们受的了。

"那就好。"许禾放下心，开始盯着篝火看。

她第一次见这样的火，第一次感受这么热闹的氛围。

篝火上悬着两头处理干净的羊，这会儿正冒着香气。

没有五香八角，只有热油辣子，竟然也香得醉人。

徐光搬出自己房里的音响，大声宣布："各位，别急，还有表演！"

他打开音响，一首富有节奏感的音乐缓缓流出。

李双双换了粉色的回族传统服饰，头戴小帽，帽缀薄纱，半遮着面款款而来。

回族舞朴实大方、开阔秀美，生活气息十分浓郁，李双双跳舞的时候，整个人仿佛在闪光。

她俯视着所有人，最后停在许禾跟前，拉了她的手。

许禾这双手拿手术刀还行，跳舞就显得笨拙了，她连忙摆手，不想丢这个人。

李双双终于扳回一局，扬眉吐气地抬高下巴，恨不得用鼻孔对着许禾。她提着裙摆围着篝火转了一圈，头纱在风中飞舞，整个人骄傲得意得像只开屏孔雀，正全方位无死角地展现自己华丽漂亮的羽毛。

忽然，李双双脚下一绊，她原本挂着得意的脸色骤然变化，紧接着整个扑进了李子川怀里。

"啊——"

"哎哎哎！"李子川惊得原地一弹，然后手忙脚乱地扶住她。

事情发生在一瞬间，霎时所有人的视线都聚焦在了一起。

李双双顶着众人灼热的目光，委屈地吸了吸鼻子，眼眶顿时红了，一半是气的，一半是疼的："我的手臂……"

她刚才被石子绊倒，双手擦着地扑过去的，现在正疼得不行。

许禾皱眉往那边走了两步，然后蹲下身拎起她一条胳膊看了眼：“哭什么，破了点皮而已。”

“……”李双双咬着唇，觉得自己脸都丢完了。

“陆哥。”她泪眼汪汪地盯着陆岩。

“叫他干什么，他又不能替你疼。”许禾检查完她的手臂，随手从兜里摸出几个创可贴，“洗干净伤口贴上就行。”

李双双啜泣着被李子川带去清洗了。

这时，陆岩递过来一只烤好的鸽子。

鸽子表面烤得金黄流油，正散发着诱人的香气，令人食欲大动。

徐光不知从哪儿弄来好几瓶老白干，正挨个敬酒，第一个敬的就是陆岩。

老白干度数高，许禾看着陆岩那张不动声色的脸，心里没底：“你能喝吗？要是醉了怎么带我去沙漠？”

陆岩睨她一眼：“放心。”说完一口就下去了。

羊肉烤了许久，撕下来时香气四溢，外皮酥脆内里香软，没有丁点儿羊膻味。

陆岩拿了把刀一点点割了条羊腿下来，然后递给许禾：“腿上的肉比较劲道有嚼劲。”

火光跳动中，许禾凝视着陆岩的脸。他喝了不少酒，麦色的肌肤泛着淡淡的粉。他眼睛像片幽蓝深邃的海，看不到底，越看越觉得自己像是坠入了海里的漩涡，就快要溺毙在其中。

“陆岩。”许禾盯着他。他周围的人闹的闹、睡的睡，横七竖八躺了一地。

“嗯。”

“你知道我是谁吗？”

“许禾。”

许禾觉得有个问题不得不问。

“你以前认识我吗？”

“认识。”

许禾心肝一颤：“什么时候？”

陆岩却不说了，直接歪倒在她身上。

他身高体重，压得许禾躺在地上动弹不得：“喂，醒醒。”

所有人都半醉不醒，没人注意到他们之间的暧昧。

“陆岩？”许禾推了两下，推不动，她有些哭笑不得，“你不能在关键时候醉了啊！”

她之前觉得陆岩长得很眼熟并不是想搭讪用的老套路。

然而不论她怎么推陆岩都一动不动，真是醉了。

就这样还说带她去沙漠？明早能爬起来就不错了。

许禾奋力从他身下出来，觉得自己胸腔里的空气都被挤压没了，狠狠呼了口气。她身上染了酒和烤羊肉的味道，很冲鼻，她一早就受不了了，想洗澡。她起身正想往自己的房间走，走开没两步，像是想起了什么，看看自己披着的外衣，又走了回来，脱下外衣来盖在陆岩身上。

许禾的脚步声一远，陆岩就睁了眼。他目光沉沉，眼底映着许禾纤瘦的身影，哪有醉了的样子。

外套上沾染了许禾身上的香味，清淡好闻。他微微俯首，凑近衣领处嗅了一口。

没过多久，醉了酒瘫成一摊烂泥般的人里忽然有个人抬起了头。

那人皮肤黝黑，身材偏瘦，先是谨慎地四处看了看，确认所有人都没有反应了才站了起来拍拍身上的灰尘。

这人正是黑米。

黑米轻手轻脚地远离人群，偷偷钻进了隔壁一户人家的鸽子窝里。他仔仔细细从里面挑出了一只肚子上长了一缕黑色绒羽的鸽子，把写好的字条绑在鸽子腿上，然后放它飞走。做完这些，他又走回燃着火的空地上，俯视着睡得鼾声连天的队友冷冷笑了一声说："一群傻瓜！"

黑米离开后，陆岩才坐起来，他走得远了些，以手当哨子吹出了信号。

那只原本飞走的鸽子又飞了回来，落在陆岩的胳膊上，啄了啄他的手心。

陆岩将字条展开，里面写着一行字——

古城的位置在沙漠西边，钥匙在陆岩手里。

他果然没猜错，队里有人在给独眼报信。

太阳墓开挖的那一晚，来摸墓的人正是光头，他知道陆岩手臂受伤，所以专门抓陆岩的手臂。

陆岩猜想，独眼上回要送的那尊九龙鼎没送出去，并且在此之前，因为遇上他们，独眼等人盗墓的行动也很少成功，只有市局的人偶尔传来一些滨海边境地区的小墓被挖掘的消息，这些小墓里陪葬品稀少，根本比不上柯尔木村的高古人墓。

独眼这么久交不出东西，他上头的人应该急了。所以这次太阳墓一出土，内应就把消息传了出去，光头就是来摸底的。这么大的墓，少不了陪葬品。可惜当时撞上许禾让他给溜了。

陆岩当时就怀疑队里有内应，只是不敢确定，因此并没有声张。当时除了太阳墓外，周围的一些古墓也并没有完全清理干净，光头来探墓也许只是被上头的人逼急了所以造成了巧合，让他刚好发现太阳墓也不一定。所以陆岩才会用假文物装车，来确定这件事。虎符的消息也是他透露出去的，他想要引出独眼身后的那个人，就必须走这一步险棋。

明天，市局就会有人直接来接这最后出土的一批文物，柯尔木村文物保护队也会暂时解散。

陆岩看了眼清淡的月亮，眼里露出既痛苦又疯狂的神色。

等着吧，那些人迟早会被他一个一个抓了的。

许禾给自己提好了水，酸得手臂抬都抬不起来。

胶桶本就比塑料桶要大要重，满满两桶水下来，她差点瘫坐在地上。

往常都是陆岩帮忙的，他力气大，跟着他走路时还能欣赏他手臂上鼓起的肌肉。

这已经是她来到滨海的第十五天整，曲沉一直在催她回家。

许禾脱了衬衣，有些愁闷地从鼻子里呼出一口气。

脑海里那段记忆仍未明晰，她依旧没能记起那个女人的名字。

的确是出来得太久了，等从沙漠回来，她就该准备回家了，但愿这一趟能成功吧。

许禾边脱衣服边神游，忽然间手机一振，窗口弹出一个报警提示。

许禾心底狠狠一动，搭在内衣扣上的手也立即顿住了。

——这是她监控器的危险提示。

她今天不设防是因为队里的人都在外面睡着，没想到竟然还有没睡的。

她点进界面，从手机屏幕上看到外面的画面。

摄像头里，映出了黑米的脸。

许禾诧异了两秒，不敢相信那个偷窥狂竟然是他。

就在她不知道该怎么办时，屏幕里忽然又出现个人影，是陆岩。

“你在干什么？”阴沉的声音忽然在黑米耳边响起。

黑米来不及反应，就被陆岩一把抓住肩膀，直接拽起甩了出去！

黑米吃痛地被压制在地面：“唔……”

陆岩压根没给他反抗的机会，把他压实了在地面狠揍了两拳。

许禾一把抓起外套裹在身上，拉好拉链走了出去：“陆岩。”

陆岩扭头，拳头还紧握着，手背青筋暴起。他低低“嗯”了一声：“你……抱歉，是我疏忽。”

她手机上还放着实时监控，陆岩看了一眼就敏锐地找出了她房间外某个隐蔽地方安装好的微型监控器。

“你早就发现了？”

“是。”许禾缓步走近，面无表情地在黑米旁边蹲了下来。

就因为知道，所以宁愿跟着他去冒险，也不愿待在村里。

陆岩侧头看她。她已经洗过了脸，肌肤白白净净的，像是剥了壳的鸡蛋，白得灼眼。

可这颗看起来脆弱无比的鸡蛋，神色淡漠，一伸手就卸了黑米一条胳膊。

伴随着“咔嚓”的声响，黑米本就不太好看的脸上又浮现出一抹痛苦之色："啊啊啊！"

她是医生，清楚人身上每个关节，出手又快又狠又准。

许禾站直身体，厌恶地踢了黑米一脚："接下来怎么办？"

黑米没做什么出格的事情，还算不上猥亵，顶多是人猥琐了点，就算交给警察也没什么用。况且，陆岩就是个警察。

"关起来，他是独眼的人。"陆岩半跪着膝盖压在黑米后背上，伸手抽出腰间皮带，把黑米的双手捆了起来。他动作干净利落，举止间雄性荷尔蒙爆棚，看起来帅爆了！

许禾半天没说话，她忽然间觉得电视上时常秀腹肌、秀胸肌、秀肱二头肌的那些人，比起陆岩来说，不知道逊色多少。

这个男人，性感起来要人命。

许禾看着看着，忽然想起什么，忍不住问："你一直没有醉？"

陆岩已经拽着人站好准备往柴房走了，闻言，脚步一顿："醉了。"

"你什么时候见过我？"

"自己想。"

许禾要是能想起来就不会问了，但是陆岩摆明了一副不想告诉她的样子……

也好，不管以前有没有见过，现在见了就行。

TA XIANG FENG YI YANG ZI YOU

第七章

我不放心你一个人

“陆岩，你怎么回事？放着好好的金融不念，报什么警校？”

夏日的阳光照在走廊上，像是腐蚀性极强的硫酸，枯萎了教师办公室门口的盆花。

榕树上栖息着的蝉不知疲倦地叫，令人心浮气躁。

身形清瘦的少年眼底发暗，微垂着脑袋一言不发。旁人根本不知道，他在几天前刚失去了父母。

“你有大好的前程，干什么跟自己过不去呢？当警察又苦又捞不着好，你……哎……”老师还在孜孜不倦地劝他。

陆岩终于动了动，他的头发已经很久没有被好好打理过，看起来乱糟糟的，额前刘海都快把眼睛盖住了。

“我已经想好了。”

老师叹了口气：“你这孩子，怎么那么倔呢……”

陆岩从梦中醒来，浑身充斥着一种使不上劲儿的无力感，忍不住伸手捏了捏山根。

阳台上隐隐透出微光，陆岩从床上起来，换好了上班穿的制服。

帝都市局庄严神圣，肃然立在晨风里，中央一枚警徽熠熠发光。

香樟树耸立在道路两旁，风从百叶窗外带来樟树的香味。

陆岩手里捏着份文件正准备看，忽然电话响了。

张翔的声音传出来：“陆队，监控查到了。”

“好，我一会儿就到。”陆岩抓起外套就走。

市局最近正在调查一起文物盗窃案。

几天前，帝都市郊外有市民举报说自家祖坟被人刨了。他们出警后才发现，那群人刨的并不是市民的祖坟，而是市民祖坟底下的一座古墓。

他们发现的时候，古墓里已经被洗劫一空，不光如此，就连墓主人身上的衣服也被剥光了。

张翔看到人来，立即把放到一半的监控调了回去：“陆队，三号凌晨两点五十分左右，有可疑车辆从郊外驶进市区。”

这辆车经过的地方监控已经全部调了出来，陆岩滑动鼠标，一帧一帧地看。

这辆车在临泉路一家商铺门口停了下来，随即后座右侧车门打开，从里面走出个身材高瘦的男人。男人鼻梁上架着一副眼镜，看起来文质彬彬。他们在这儿逗留了将近四分钟，买好了水和食物就走了。

陆岩却忽然视线一凛，就连身边的张翔也感觉到了他身上气势的变化。

——变得更冷了。

三伏的天，冻得他一激灵。

张翔提了口气才问："陆队，发现什么了？"

陆岩也没说话，又把画面调回了那四分钟。

眼镜男开门的一瞬间，画面里闪过后座中央位置上一个男人的半张脸。

这个人，陆岩太熟了。即使只是镜头一晃，他也认得出来，这个人就是那个当年被滨海搜救队和警方认定为死在了沙尘暴里的导游李明凯。

不对，现在应该叫盗墓贼——李坤。

那一刻，陆岩心底腾地升起了一团火，为什么偏偏是他没有死？所有失踪者里，为什么偏偏是他还活着？

张翔奇怪道："陆队？"

……

陆岩倏然睁眼，入目是一片黑暗。

木板房隔音奇差，能听见此起彼伏的鼾声。

他做梦了，还是个梦中梦，这一瞬仿佛回到了他来滨海市的前一周。

李坤还活着，他的父母却不在了，真是讽刺。

陆岩披上外套，开门去了柴房。

黑米被五花大绑在椅子上，听见声音立马抬起了头。他脸上青青紫紫，在月光下格外骇人。

陆岩从外面搬了条凳子进来坐好："你们的驻地在哪儿？"

黑米从鼻腔里发出一道冷哼，他这副样子和平常表现出来的截然不同。

陆岩也猜到会是这样："明天市局会来人，你只有这一次机会。"

至于进了市局后会遭遇什么对待，谁也说不准。

黑米盯着他："无可奉告。"他说话时不小心拉扯到了嘴角的伤口，顿时抽了好几口冷气。

陆岩站起来，高大的身影拉出一道阴影，他嘴角带着抹冷笑："不说也没关系，他们总会出来的。"

天边乍泄出第一缕光芒，罗纳赶着羊从家里出来。

许禾今天起得早，正在村头活动身体，看到人来诧异了一秒。

她要走了，本打算再跟村长商量一下让他去医院，没想到这次放羊的是罗纳。

“小禾姐。”罗纳跟她打了个招呼。

“你爷爷呢？”

“还在睡觉。”罗纳担忧地回头看了眼家的方向，一间土屋立在那儿，冷冷清清的，“小禾姐，我爷爷会好的吧？”

许禾看着他澄澈的眼睛，一时竟没能立马开口说谎。

这样去骗一个孩子，她心里觉得愧疚，可如果直说，她心里也不好受。

“爷爷最近总是不好好吃饭，晚上也睡不着，总是咳嗽，我感冒的时候也是这样，他一定会好起来的吧？”

许禾沉默了好一会儿:“嗯,你要逗他开心,他开心了,病就好了。”

罗纳点点头，很认真地应了：“小禾姐，谢谢你。我知道你和陆叔他们要走了，我会想你们的。”

九岁的孩子，脸上满是诚挚，眼睛仿佛闪着光。

许禾终于还是不忍心：“你愿意跟我走吗？”

罗纳摇摇头：“我想跟爷爷在一起。”

“如果……”爷爷不在了呢？

“小禾姐，”罗纳打断了她的话，诚挚地冲她微笑，“谢谢你。”

许禾那半句话卡在了喉咙里，半晌，只是笑笑。

算了。

人总会有长大的一天，所有经历的一切都是人生画卷上必需的一笔，她又何必非要插足。

这时，刚好阳光照过来。

陆岩从村尾走来，光芒笼罩着他，有些刺眼却让人移不开眼。

“都准备好了？”他问。

“嗯。”

“走吧。”

许禾跟着走了几步又顿住，她抬眼看了看这片地方，第一次发现其实这里也没有那么荒芜。

保护队里的人全都站在村尾等着，半年的守卫，他们彼此都熟悉了，分别时刻，所有人都一副心事重重的样子，没有丝毫以往的活跃。平时最闹腾的陈子轩一反常态地沉默着，就连李双双都不说话了，一个劲儿地抹眼泪。

柯尔木村文物保护队成立这半年，李双双每次逮住机会就会过来看陆岩，也和大家有了感情。女人又是感性动物，一哭起来就没完没了，李子川没那么多卫生纸可以递，干脆一伸胳膊，让她埋在自己的袖子里哭。

陆岩看着站成一排的队友："好了，又不是再也不见了。"

许禾也有些感慨，她虽然来这里时间不长，可也习惯了和众人相处，真要分开确实有些不舍。

李子川那么大的块头，眼都红了："岩哥，你说我们还会有机会重新聚在一起吗？"

他们这些人里有警察，有考古人员，还有滨海各个地方来的村民，一旦分开，就是天各一方。

陆岩沉默了一会儿："会有的，等我找到了古城，你们的假期就结束了。"

李世海作为众人的长辈，反应平平。他摸了摸胡须："陆队说得对，等古城重见天日，我们这群人还会集合到一起，这几天就当放假了。都别矫情了，大男人哭成什么样子了？"

陈子轩抹了把眼泪："男人哭吧哭吧不是罪！"

李世海一巴掌就过去了："嘿，你个小兔崽子！"

李子川哭完了问："岩哥，柴房里的那个怎么处理？"

陆岩目光晦暗不明地扫过柴房："不用管他，等市局的人到了后，自会处理。"

李子川点点头："明白了。"

眼见又过去了半个小时，许禾说："能走了吗？"

她的东西早已经装好了，同来时一样，只有一个行李箱。等她从沙漠里出来，就会直接回帝都。

这一趟即使没有找回记忆，也不枉来了这一趟。

越野车行驶在凹凸不平的土路上，逐渐把柯尔木村抛在身后。

这片地方的空气算不上好，时不时有霾出现，但许禾现在已经十分适应了。

他们这次是往与以前出门相反的方向走，周边景色不一样，却同样的壮美。

这一段路十分偏僻，路上鲜有人，一时只剩下车的低吼。

许禾视线流连在窗外，山的挺拔、树的坚毅、古老城池遗址的庄严，无一不给人以一种大美无声的感觉。

古城遗址保存得十分完好，红墙绿瓦、雕栏画栋、飞檐翘角，正面朝外，后半边却嵌入了山石壁，充满了智慧的美。

这是帝都没有的景色。

可惜古城看着很近，实际上和许禾之间隔着一座小山，否则她真想去那儿当一回游客。不过也不是全无机会，越野车开过小山，逐渐靠近了古城的大门。

车子一靠近，许禾就听见了喧闹的人声。这里是滨海著名的旅游景点，少说也有四五个旅游团在。

许禾忍不住问：“我们要穿过这儿？”

陆岩停好了车，目光有些缥缈："跟着我。"

他轻车熟路地走在前边，明明处在人影幢幢的闹市，身影却格外孤独。

许禾不知怎么竟觉得心里被人拉扯了一道，疼得心尖儿抽抽，快步跟了上去。

陆岩在古城一家花店门口停了下来，他定定地看了几秒，从花瓶里抽出几枝洋桔梗来。

"你……"许禾竟不知说些什么好，她脑海里仿佛罩了层迷雾，快要拨开却又层层叠叠。

许禾想起自己死不见尸的姑姑，觉得空手去沙漠的确不好，于是挑了一束她最爱的扶郎花。

这一刻，她和陆岩虽然各自沉默，却出奇地合拍。

老板帮着包好花，又递过来。

出了城门，陆岩把花放在许禾怀里："拿着，我去开车。"

洋桔梗和扶郎花，一个清雅一个热情，放在一起竟毫不违和。

一个半小时后，克什村的样子在视线里显露出来。

这座村子比起柯尔木村要热闹得多，街道两边全是卖当地特产的摊位，村子里走动的也不只是村民，更多的是来自世界各地的游客。

这片地方不仅有古城、沙漠，小型博物馆里还有当年考古留下的墓穴和藏品。

克什村是戈里沙漠的入口，每天来这儿旅游的人根本数不清，所以建设虽然保留了古朴的风格，却也融入了现代的元素，看起来十分舒心。

此时已经是下午两点，日头正毒，街道上烤馕的香气肆无忌惮地刺激着许禾的味蕾。

陆岩买了两个烤馕，刷上辣酱，递一个给她："先休息，等过了太阳最大的这段时间再进沙漠。"

许禾点头，在这儿得听陆岩的。

回到车上，许禾边撕着烤馕边说："我出来后就要走了。"

陆岩吃烤馕的动作顿了一下，然后才"嗯"了一声。

许禾又问："你接下来还要做什么？"

柯尔木村的工作已经完成了，他应该会离开这儿吧？

陆岩说："等事情办完，就回市局。"

"你不回帝都了？"

"回，但不是现在。"

"哦……"

随意聊了几句，许禾觉得有点不是滋味，他怎么也不说要送送她？

相处大半个月，许禾发现自己还是没看透他。

等到阳光稍微淡了些，陆岩才带着许禾往沙漠入口走。

许禾抱着两束花，边走边用指尖沾水浇花。天气太热，花瓣都有些蜷缩的迹象了，好在还是美的。

克什村没有专门卖花的店，一个身材娇小的女孩子看得眼红，推搡身边的男友："我也想要花。"

戈里沙漠的入口有一座流沙山，穿过流沙山才能进入沙漠。流沙山里矗立着一座古朴的寺庙，还未靠近仿佛就有梵音远远飘来。

寺庙门前有一湾灵泉，整体呈月牙形，泉水幽绿，两岸树木林立，地面生长着浓密的矮草。

很难想象，当年那场沙尘暴过去了，灵泉却在几年后重新形成了。

离灵泉不远，立着一块扇形纪念碑，上面密密麻麻地刻着当年在月牙滩遇难死去的人的名字。

许禾在众多名字里，一眼就找到了"许昕然"三个字。怔愣间，陆岩已经把那束洋桔梗放在了石碑前。

轻风刮过，吹起流沙山上细软的沙子。

许禾把花束放在了石碑前，伸手摸了摸石碑上那个熟悉冰冷的名字，心里百感交集："我什么都想不起来了。"她高烧醒来，只看到姑姑冰冷的黑白照。

"这是好事。"不记得才能忘记那一天的悲怆，夜里能做个美梦。

"我们在团里见过？"

"嗯。"

许禾其实有很多问题想问，可她根本无从问起，她连那个女人的名字都不知道，又怎么要求陆岩告诉她当时的一些情况？

许禾想跟那个拉着她跑路的女人说，她真的尽力了。

她看着陆岩："川子说你父母都不在了，难道……"

陆岩轻轻点头，神色一如既往地淡漠。

"这是一场没有硝烟的战争，孩子们是身披铠甲的战士，而家长则是战士们的后勤部。所谓兵马未动，粮草先行，家长们一定要……"

坐满了人的教室只剩下班主任慷慨激昂的嗓音，这是高考前的最后一次家长会。

"总之，不要给予孩子们太大压力，保持平常心才是决胜的关键！"

台下掌声雷动，静默了许久的教室里喧嚣起来。

陆岩盯着窗外的天空，五月底了，天空蔚蓝，云层洁白。

身边空空荡荡，热闹都是他们的，他什么都没有。

陆岩习惯了隐藏内心的想法，许禾却从这个高大的男人眼底看出了几分寂寥。她不知道怎么安慰别人，只好说："你别太伤心，人总要往前看。"

陆岩手指抚摸着洋桔梗蜷缩的花瓣，脸色是难得一见的柔和："我每次过来这里总会看一眼石碑，总觉得他们还在我身边。"

许禾拍拍他的肩膀。

她想说，你现在也不是一个人。

她想说，如果可以，我愿意当你的家人。

可这话实在太过矫情，她向来不爱矫情。

陆岩退离石碑几步：“还进沙漠吗？”

许禾已经不奢望能找回那部分记忆了，可她还想和陆岩多待一会儿，于是点点头：“去看看吧，我跑这一趟，怎么也该看看沙漠再走。”

陆岩租了两头骆驼，驮着他们往沙漠里走。

骆驼的脚步稳稳当当，脖子上挂着的驼铃发出清脆悦耳的丁零声。

许禾摸摸骆驼驼峰上的一撮儿黑色毛毛，有些稀奇。

周围的女游客身披红纱，站在沙丘上凹造型。许禾来了兴趣，从兜里摸出手机，扭过头冲陆岩摇了摇手臂：“陆岩，帮我拍张照。”她来这一趟，总要留下点东西。

陆岩看着她柔化的眉眼，心念一动，从口袋里拿出手机：“用我的吧，一会儿发给你。”

“也行。”许禾骑着骆驼走远了点。骆驼很温顺，让它掉头就掉头。

许禾整理好自己的头发：“我数三二一你再拍！”

“三！”

“二！”

“一！”

“咔嚓”一声，她的样子定格。

照片里，女人眉眼弯弯，不自觉地将剪刀手比在右眼处，身后是壮阔的大漠黄沙。

她好像又回到了十年前，变成了那个穿着一身火红运动服的许禾。

陆岩微垂着眼，大拇指划过照片上女人的脸，勾起嘴角笑了笑：许禾，命运真的很神奇。

许禾原本没抱什么期望，结果看了传来的照片顿时惊讶了：“没想到我们陆队，铁汉柔情，竟然能把照片拍得这么好！”

陆岩正想说话，忽然手机上许禾的照片变成了来电提醒。

李子川焦急地说：“岩哥，黑米那孙子跑了！”

黑米是在队里吃午饭的时候跑的，保护队马上就要解散了，一群人都聚在厨房里谈心，他看准了机会，挣脱绳索就跑了。

等李子川发现的时候，柴房里只剩一捆松散的麻绳了。

黑米身上的手机被陆岩收走放在了自己房里，他接好手臂，拿到手机后立马打了电话，不到半个小时，就被光头接走了。

驻地里，独眼正等着他。

独眼上回从沙尘暴里出来后喉咙还哑着，说起话来刺刺的，像是钝了的刀子在磨刀石上发出的声音："那群警察发现你了？"

黑米点点头，他脸上露出激动的神色："大哥，这一次我们要立大功了！"

独眼露在外面的眼睛一眯："怎么说？"

"古城！古城就在沙漠里！"

独眼盘着二郎腿："真的？"

"千真万确！考古队的人把太阳墓里出土的那枚虎符上的文字翻译出来了，位置就在沙漠西边！"

独眼心底隐隐雀跃，但是一瞬间就反应过来了："陆岩那小子精得很，能把这事告诉你？"

"陆岩当然不会说！这是考古队那个学徒说的，他平时话多，一不小心说漏嘴了！再说，这消息是在陆岩发现我之前知道的，他发现我之后就把我关起来打算交给市局的人了，应该不会是假的！"

"你确定？"独眼还是有些不信。

"确定！陆岩已经去了，这个时候怕是已经到克什村了，咱们再不动身就晚了！"

"那小子一个人去的？"

"还带着许禾。"见独眼并不认识，黑米又说，"就是队里新来的那个女人，她是个医生。"

"他去沙漠里也要带着女人？"独眼忽然笑了起来，一张脸上泛着猥琐的笑意，“这小子还真会享受啊！”

“陆岩要去摸清古城的具体位置，他们就两个人，咱们要是在陆岩找到古城的时候抓住他，逼他把虎符拿出来……得到了古城，咱们下辈子还愁什么？”

光头也凑过来心动地说：“大哥，这可是座城啊！这么多年了，还是头一次发现古城，这古城可比柯尔木村那批文物值钱得多，楚路不是老催咱们交货吗？咱们要是找到了古城，还怕那个孙子处处压咱们一头？”

独眼噌地从石凳上站起来，眼里划过精光：“说得对！兄弟们，准备准备，咱们去沙漠！这票要是干成了，兄弟们以后都吃香的喝辣的，金钱、女人要多少有多少，看谁还敢看低咱们？”

黑米第一个带头应和：“大哥英明！”

两头骆驼不知不觉间已经远离了人群，四下无声，太阳的光芒照耀着大地。

沙漠面上像是被风吹皱了的黄河水面，泛起的条条波澜纹理分明。

他们身后，骆驼的脚印一路蜿蜒。

“现在怎么办？你要去抓他吗？”许禾问。

“先送你去坐车。”陆岩说完就要驱赶骆驼掉头。

克什村里因为游客众多，出入的班车不算少。

“那你呢？”她问。

“去找古城。”

“你准备送我离开，一个人去找？”

“嗯，等找到地方，再通知其他人过来。”

沙漠太大，一眼望不到头，许禾有点不放心：“你一个人能行吗？”

陆岩紧抿的嘴角拉出一抹弧度：“不用担心，克什村那座博物馆里保存的文物，曾是我负责保护。”

当年月牙滩整个被沙土埋没，很长一段时间这片地方都不许人踏足，后来滨海市局才派了人过来，把他父母发现的那座墓重新找了出来。

他从警校毕业实习那一年，就是凭着老师的介绍信来的这儿，在这附近住了整整一年才回到帝都。

“你现在让我走，万一我在路上被独眼发现怎么办？”

“……”

“我跟你是一条船上的蚂蚱，要是被抓了会很危险。”

陆岩抿抿唇，目光沉沉地盯着她：“别胡说，你不会有事。”

“你不在我身边怎么知道我不会有事？”

“沙漠危险。”

“外面更危险。”虽然克什村人多，她藏在那儿不容易被发现，但独眼手下众多，谁也不能保证那万分之一的概率不会发生。

“外面人多,你带了行李,去厕所易装一下,他们不会发现。”他说。

“你早就想好了？”

“嗯，你先回帝都，那儿安全。”

许禾这一瞬终于明了：“你故意让黑米跑的？”他什么都知道，像是一切早就做好了计划。

陆岩没说话，只是轻轻点头。他绑黑米的绳结看着很完美，其实只要花点心思就能够解开。他故意让黑米从柴房的缝隙里看到自己把房间钥匙藏在了门口的石头底下，就是为了让黑米拿到手机逃出去报信，他笃定了独眼会带人过来，这个时候他们应该在往这边赶了。

“我不放心你一个人。”许禾说。

她知道陆岩很厉害，可沙漠里不安全因素太多，两个人好歹有个照应。况且她之前看手机的时候发现手机信号只有三格，往里走可能会断信号，到时候电话打不通，陆岩要是出了什么意外……

他问：“你真要跟我一起？”

“嗯。”

“那就走吧。”

许禾原本以为他们要在这个事情上拉扯半天，没想到陆岩这么快就松了口，一时不知说些什么好。

陆岩赶着骆驼，高大的身影投射在沙子上，无端让人觉得安心：“跟我走。”

眼看着陆岩往沙漠里走去，许禾诧异地问：“我们不去买点吃的东西带着吗？”

他们在沙漠里还不知道要待多久，两手空空进去是嫌死得不够快？

“宋银在绿洲里放了东西。”

“他不是回家了吗？”话刚出口，许禾就反应过来了：宋银根本不是回家。

陆岩从那次运送假文物开始，就设了一个局，为了引独眼等人上钩。

许禾现在才发现，陆岩这个人心眼其实很多。

漫漫黄沙，灼灼烈日，许禾没一会儿就觉得干燥起来。

时间一久，她感觉身体变得沉重，脑门上热出的汗滴进眼睛里一阵刺痛，她甚至觉得背在肩上的包也成了碍事的物件，干脆取下来挂在了骆驼脖子上。

许禾头上顶着外套，恹恹地抱着骆驼脖子，天太热，汗液蒸发得快，总觉得口渴。

陆岩递给她之前买了没喝完的小半瓶水，她自己的那瓶早喝完了。

许禾原本打算大口喝，忽然听陆岩说：“还有一个小时才能到绿洲。”

她看看那少得可怜的水，最终只仰头倒了一小口。

“你也喝点吧。”许禾把水瓶还回去，一路上他喝水的次数少得可怜。

陆岩接过水并没有喝，只倒出一点润了润唇瓣。

剩下的要留给谁，许禾清清楚楚。她心底动了动，从未想过有一个男人能对她如此。

已知前路的沙漠，小半瓶水，两个人，绿洲就在前方，陆岩却仍旧把水存着给赶路的她。

“陆岩。”她骑着骆驼走到陆岩身边，一开口嗓音干涩到自己都觉得难听

“还有水。”陆岩皱眉，把水递给她，“再喝点。”他自己的嗓音也哑得不行，像被沙子摩擦过，莫名有种粗粝的温柔。

许禾摇头，沙哑着嗓子说：“你喝吧，润润嗓子。”

陆岩依旧伸着手：“快到绿洲了，你不用省。”

许禾笑了，有点有气无力：“怎么搞得像是要死了一样，这就是我们最后的食物，然后你让我我让你……”

陆岩不说话。

许禾又说：“你对谁都这么好吗？”

陆岩双眸幽暗地盯着她："你想问什么？"

"我想问……"她还没问完，余光里忽然闯进一片生机勃勃的绿色，"是绿洲！陆岩，我们到绿洲了！"

陆岩抿抿干燥起皮的嘴唇，说不清是遗憾或是放松，他知道在这样的情况下不能轻易许诺。

如果他出了事，许禾该怎么办？

三辆吉普车在路上飞驰，快得只看得见黑色残影。

傍晚天色渐暗，独眼等人终于到了克什村。

克什村的夜里整条街都挂着红灯笼，影影绰绰的红色光线十分迷人。

路上仍有不少人在闲逛，小吃的香味飘得很远。

租骆驼的老头正准备关门，忽然被独眼一只手挡住了门："天还没黑完，这么快关门干什么？"

"这位老板……"老头抬起被头巾包得严严实实的脑袋，"晚上不做生意。"

老头在这做骆驼的生意已经几年了，一口普通话比独眼还标准："我这骆驼六点以后就不租了。"

听到这话，独眼二话没说提起一脚就踹在老头肚子上，把老头踹出了二三米远的距离："租什么租？不想挨揍就给老子去准备七匹骆驼牵过来！”

老头疼得捂着肚子蜷缩成一团：“你们怎么打人？”

独眼又是一脚踹了过去：“打的就是你！还不快去？”

老头敢怒不敢言，颤抖着爬起来往后院走。

光头哈哈大笑，微胖的脸上肉一抖一抖：“早这样不就完了吗？”

黑米从桌上拿起一个破破烂烂的笔记本，仔细看了几眼，最后定格在其中一行字上：“大哥你看。”

这是本记录租客信息的笔记本，老头字迹虽然模糊，但也不难辨认那两个名字就是陆岩跟许禾。

独眼啐了一口，眼神阴毒：“他们还真进去了。”

就在这时，独眼兜里的电话响了。

独眼看都没看一眼，接听后张口就是：“哟，楚哥，您怎么给我打电话了？”

电话那头一个斯文的声音说：“你这批货逾期了。”

“楚哥您也知道，最近我日子不好过，保护队那群人把东西守得跟他们自己的祖坟似的……”他语气听不出喜怒，心底却把楚路从头骂到了尾。

楚路站在落地玻璃窗前，一身笔挺西装，语调冷淡：“我不想听你这些废话，货到底什么时候交？”

独眼好说好话了几句，见对方油盐不进，顿时也怒了：“楚路我告诉你,老子忍你很久了！你我都在坤爷手下办事,平起平坐的身份,老摆一副臭架子给谁看呢你，真以为穿个西装就能当少爷？”

坤爷手底下有两大得力助手：一个是楚路，负责倒卖文物；一个就是独眼，负责盗窃文物。

独眼每次拿了货都会在不固定的某个地方交货给楚路，再由楚路带回帝都最大的地下黑市出手。

说到底，地位是一样的。

楚路冷嗤了一声，似乎不屑于跟独眼拉扯这些问题，他推了推鼻梁上的金丝边眼镜：“坤爷可等了很久了。”

提起坤爷，独眼立马咬了咬牙，暴躁地冲着手机吼：“你别老拿坤爷说事！龟孙子！有本事你自己来西北，没本事就闭上那张烂嘴！告诉你，等老子手头这事儿成了，你以后见着老子都得给老子提鞋！”

独眼挂了电话，忍不住又吐了口痰：“嘿，真拿自己当主子了！还不同样是坤爷身边的一条狗！”

光头连连附和：“大哥说得对，那小子，给根骨头就只会摇尾巴了！”

这时，老头从后院走进来，压低了脑袋说：“各位大老板，骆驼准备好了。”

独眼气还没撒完，忍不住又踹了老头一脚：“妈的！”

绿洲水面波光粼粼，岸上生长着十来棵棕榈树，旁边还有间尖顶草屋，被一圈儿看起来刺刺的矮草围着。

陆岩把两匹骆驼拴好，带着许禾进了草屋。

这间草屋被主人废弃,位置又远离了沙漠边缘,因此很少有人来。

沙漠的夜晚黑得慢，外面还亮着光，陆岩把许禾安置在内间的床上："你休息会儿。"

许禾点点头，半合着眼皮，她快被晒得虚脱了。

陆岩也翻身上了床，他伸手在床板内侧敲了敲，然后撬开一块木板，把里面的背包拿了出来。

许禾一直听着他的动静，忍不住问："找到了？"

"嗯。"

陆岩把包打开，包里装了不少东西。食物、水、药品，还有一根有女人手臂粗的警棍。

看到那根警棍，许禾心里突地一跳，下意识地抓住陆岩的手臂："你……"

她嗓音带着点哑，还有点哽："他们有弩，是远程武器，你行不行啊？"

从之前独眼那伙人的架势来看，两方一对上就是打，可陆岩明显就输在了武器上，而且还带着她。

陆岩笑了下，干裂的唇上渗出血迹，他伸了大拇指擦去，声音喑哑道：“别对一个男人说不行，许禾。”

许禾凝重的心思被他一句话就打乱了：“我以前怎么没发现你这么不正经……”

都什么时候了，竟然还有心思耍流氓。

陆岩把水递给她，回答她上一个问题：“放心，徐光给我准备了他做的袖箭，不会有问题。”

许禾对徐光做的东西还是放心的，她放下心，不过仍然不敢多喝水，怕需要的时候没有了，只喝了两口就给陆岩推了回去：“你喝吧，你比我需要水。”

陆岩这回没拒绝，仰头就灌了几口。随着他的动作，那一截脆弱的脖颈暴露在许禾面前，吞咽时喉结性感得不行。

许禾看了几眼总觉得自己在犯罪，忍不住挪开了视线。她伸手在自己包里摸了摸，最后摸出一支唇膏，停顿了会儿才说：“给你的。”

陆岩定定看了几秒。

许禾挑眉：“不要？”她作势要把唇膏收回去。

“要。”陆岩把唇膏攥在手心里，淡淡的柚子味从嘴角飘到了鼻尖。

唇膏膏体已经有软化的迹象了，但还是能看出许禾用过的痕迹。

陆岩顿了下，目光渐深，然后才抹在了自己唇上：她的嘴唇，是不是就是柚子的味道？

眼见陆岩慢慢地抹唇，许禾慢半拍地想起来，这算不算间接接吻？之前喝水的时候，她都是倒着喝的，根本没挨着瓶口。

想到这里，许禾白净的脸皮上泛起了红，她轻咳了一声："我们要在这里过夜吗？"

"不。"陆岩把唇膏盖好，犹豫了一下，最后放在了自己口袋里，"我们得尽快赶到沙漠中心，那儿有个村庄，我们去那儿休息比较安全。"

"嗯，我休息好了，走吧。"

陆岩把背包背在身上，见许禾要穿外衣，于是道："别穿，沙漠里日落得晚。"

许禾又把防晒衣蒙头上了，免得晒伤："走吧。"

晚八点整。

帝都一座别墅内灯火通明，老式留声机放着悠扬的音乐。

一个五十来岁的男人坐在上好的梨花木椅上，正在泡茶。

珍贵的普洱茶饼被撬开一小块，开水缓缓注入桌上那个很有年代感的碧玉茶缸里，没一会儿，悠悠茶香就飘了出来。

男人神色痴迷地凑近闻了闻，热气氤氲间，他脸部轮廓模糊不清，神思恍惚间回到了以前……

“快点动手，磨蹭什么呢？”李坤把刀架在陆成岭的脖子上，再往前一点就能划破他的皮肤。

“成岭！”宋芝失声，两行泪顺着脸庞流了下来。

“喊什么喊，再喊我就杀了他！”李坤斗狠似的把刀又挨近了一点。

“别！”宋芝顿时噤声，一点动静也不敢发出了。

“你们到底要什么？”陆成岭被逼迫着用自己平常工作时最熟悉的工具洛阳铲一点点把沙土挖开。

他心底十分不情愿，却碍于妻儿和一群旅客的命，只能憋屈地去挖墓。

他的身边还有七八个旅游团里的人分头在挖，一时间耳畔只听得见沙土被铲落的声音。

陆成岭怎么也想不到，自己一时兴起的一次报团旅游居然会碰上一伙盗墓贼！

进入旅游景点的当天晚上，陆成岭和宋芝就被李坤威胁着去了月牙滩，确定了有东西后，连续几天的夜晚都会被逼着去挖墓，如果反抗，其他游客就会有危险。他们每天被人监视着一举一动，又身处荒野，根本跑不了！

“两位教授，快点吧，否则我这刀子不长眼，伤了你们的儿子就不好了……”李坤的话仿佛一条毒蛇缠在陆成岭和宋芝的脖子上，两人只能加快动作。

夜色中，一行人身影似明似暗，形同鬼魅。

仿佛是为了印证他们内心的不安，陆成岭的手机响了。

陆成岭和宋芝的手机都在李坤手里，此时亮起，映出了男人冷漠的面容。

李坤看了眼来电提示，笑了：“正好，你们儿子的电话，他这个点打电话不会是发现了什么吧？”

宋芝脸色白了白：“你答应了不动我儿子！”

“那得看你们事情办得怎么样。”李坤说完就按了接听，他把手机凑近陆成岭，眼里闪着暗光，压低了声音说，“陆教授，你知道该怎么办。”

陆成岭狠狠吸了口气：“小岩？”

陆岩没说话，听到了熟悉的声音才有些含糊地说：“爸？”

陆成岭心里定了定：“大晚上打电话有什么事吗？”

陆岩过了会儿才清醒：“哦……可能是我睡着的时候不小心按到了，没什么事。”

“没事就睡吧，我挂了。”

电话挂断，陆成岭和宋芝都松了口气。

李坤把手机收好："行了，赶紧挖吧！"

终于，经过几天的挖掘，在后半夜，墓地露出了它原有的样貌。

这是一座方形石棺，外表看着平平无奇，墓里却放着不少钱币，甚至还有环首、铜刀之类的武器。

钱币并不是常见的铜钱，而是实心的，左面中央刻着太阳的图案，右面则刻着不知名文字。

李坤带来的那伙人早在看到陪葬品时就疯了似的争抢起来了，一时间场面混乱不堪。

陆成岭铁青着脸："这下能把我们放了吧？"

李坤来旅游团之前曾在滨海最大的地下赌场待过，那儿各行各业的人都有，也不乏盗墓的。他就是听了一个盗墓的说月牙滩附近可能有东西才冒险来的，没想到让他知道李明凯带的团里有专业考古人员，他为了早点找到墓地，特意趁着李明凯抽不开身代替李明凯接了，结果还真让他找着东西了！这一夜过去，他就能发财了！

"放了？放了你不就是让你回去报警？我可听说西北这边的墓大多是墓群，这附近一定还有……"

李坤还没说完，就听一个人说："坤哥，这墓里有幅画！"

李坤推着陆成岭和宋芝走近："去看看。"

墓里的东西已经被他们用衣服都包起来了，此刻空荡荡的，只剩下一具面目全非的干尸。

宋芝不忍去看，心底一直在念《渡亡经》。

墓底的图案和钱币上的图案一样，字体也是一样的。

李坤觉得墓里特意画上的图别有寓意，很有可能意味着其他墓葬的位置，于是拿刀指着陆成岭后背，刀尖戳着脊梁骨的感觉令人毛骨悚然："我给你们两天时间，把文字翻译出来。"

眼看天色渐明，李坤也知道不能在月牙滩再待下去，于是让人去填好空墓，收拾好东西又押着人坐了车往团员搭了帐篷的驻地开去……

茶缸里的茶水见底时，门铃响了。

楚路信步走来，手里握着手机："坤爷，独眼带人进沙漠了。"

他手机上亮着一张路线错综复杂的地图，地图中心一个红点正在移动。

赫然是定位追踪器。

李坤放下茶缸，从花梨木椅上站起来："沉睡了那么多年，也是时候出现了。"

楚路说："独眼未经允许擅自行动，说不定是想独吞，该怎么处置？"

"让他去，暂时不要动他，让他替我们探探路。"

"是。"

到了半夜，天上光芒点点，北极星格外亮。

许禾睁着一双酸涩的眼，想睡又不能睡，生怕睡着了会从骆驼背上翻下去。

这时，并排走的陆岩忽然朝她伸出手。

许禾愣愣地看着他，不明白他是什么意思。

陆岩没说话，手腕一翻，一把抓住她的肩膀，直接把她从驼背上带到了自己怀里。

许禾连声惊呼都来不及发出。

身后是陆岩宽厚的胸膛，不断散发的男性荷尔蒙让许禾一下子清醒了，他单手把她拎了过来……

陆岩把她环在双臂之间，让她靠在自己身上："睡吧。"

"我的骆驼……"

"它会跟着走的。"

"我睡了你会不会很无聊？"

"不会，睡吧，快到了。"

许禾真的累了，靠在他怀里没一会儿就睡着了。

女人的身体柔软无骨，散发着淡淡清香。温热的鼻息一下一下拂过胸膛，陆岩忍不住绷紧了身体。

他低了低头，女人的脸半埋在阴影里，露出的面部线条清晰流畅。

小巧的脸盘，高挺的鼻，形状优美的唇……

陆岩迅速别开脸，喉结猛然滚动了几下。

北极星尽职尽责地指着方向，陆岩赶着骆驼，在沙漠里疾跑。

风一吹，身后两排骆驼的脚印消失无踪。

远远地，陆岩看见亮起的灯光。

塔里木一直站在村口等着，隐约看到有过来的骆驼影子，喊道：“哥！”

陆岩加快了速度，终于到了村口。

布尔泊村，位处戈里沙漠西南侧，是进入沙漠腹地必经的地方。这里村民们的草屋绕着村子中央的圆形水泉围成一圈，一直以来被誉为沙漠之心，生活着回族土著民。如果航拍就会发现，整个村庄看起来就像一块嵌入沙漠的蓝宝石。

塔里木牵着骆驼，一抬眼看见陆岩动作轻柔地抱着个女人下来了，一双眼瞪得大大的：“哥？”

陆岩睨了他一眼：“小点声。”

“这是嫂子？”

塔里木当年在市区打过工，有一次上街被个大妈误会成是扒手，正巧碰到陆岩和李子川上街，还是陆岩出手抓了那个真正的扒手摆平了这事。

之后两人一直有联系，关系也算亲近，陆岩这么多年身边也没有过女人，他哪里见过陆岩这么小心翼翼的样子？

“现在还不是。”陆岩凝视着女人睡熟的脸，面容柔和了好几度，“房间准备好了？”

“好了，但我不知道你们两个人，只准备了一间。”

“没事。”

话说间就到了塔里木家。

塔里木把骆驼跟家养的骆驼拴在一起，带着人进了内屋。

内屋陈设简单，只有一张正好能容纳两人躺着的炕。

许禾第一次睡得这么沉，连陆岩打湿了毛巾给她擦脸的动作也没感觉到。

这一路顶着太阳过来，她外露的皮肤上泛起了点点红，像是白雪中开出的红梅花。

陆岩轻叹了口气，大掌抚上了她的脸颊，拇指指腹摩挲着她的侧脸，心里柔得不像话。

那个曾经飞扬的少女，终长成了现在明媚的样子。

第二天凌晨，塔里木估摸着时间过来敲门。

陆岩早已经醒了，他侧躺在炕边上，内侧睡着手脚规矩的许禾。

听见敲门声，陆岩轻手轻脚地下床开门。

塔里木压低声音说："哥，你要的东西准备好了。"

陆岩点点头出门洗漱，又检查了背包和塔里木拿来的帐篷，确认了没有问题才重新回到房间。

许禾还在睡，眉头紧拧着，眉心一道褶皱。

陆岩坐在床边，微微低头，眼底映出许她温软的模样，终是忍不住俯身凑近，在她唇上碰了一下。

她的唇软得像果冻，甜得像柚子。

过了十来分钟，陆岩像是完完全全把她刻在眼里了，才起身大步往外走去。

天边还闪着星光，晨风送来几分凉意。

陆岩坐在骆驼上，回身望向仍旧沉寂着的小村庄，抿了抿唇。

塔里木在门口送他，信誓旦旦地跟他保证："哥你放心，我一定保护好嫂子。"

陆岩点点头，赶着骆驼走远了。

天边大亮的时候，许禾终于掀开了疲惫的眼皮。她仰躺在炕上，不知今夕何夕。

过了会儿，眼底迷茫散去，许禾蹭地一下坐了起来："陆岩？"

四周静悄悄的，没人回答。

许禾下床穿好鞋，拨开门帘走到外边，只看见一个穿着袍子裹着头巾的男人正在喂骆驼。

听到声响，男人回过头，冲她笑了笑，露出两颗讨喜的虎牙："嫂子你醒了，我叫塔里木，是岩哥的朋友。你先去洗漱，我给你拿点吃的。"

许禾本能地觉得不对："陆岩呢？"她隐约记得昨天陆岩跟她睡在一间房的。

"岩哥去找墓地了，说很快会回来，让我照顾你。"

"什么？"许禾不可置信道，"他走了？什么时候走的？"

塔里木被她激动的样子吓了一跳，开口就结巴了："凌晨四……四点走的。"

许禾咬了咬牙，她算是知道为什么她昨天说要跟着陆岩的时候陆岩那么快就答应了，他其实根本没打算带着她！

想起昨天自己睡得那么沉，许禾又缓了口气，她向来有自知之明，她知道自己跟着陆岩不好，很容易给他拖后腿。想通了的许禾也不纠结了："他往哪边走了？"

塔里木挠挠头："嫂子，岩哥往东走了。"

许禾看了看太阳升起的方向，没说话。

塔里木惴惴地说："嫂子？"

许禾扭头："你叫我什么？"

许禾这张脸虽然漂亮，可没表情的时候看着并不和善，甚至让人觉得有攻击性。塔里木磕磕绊绊地说：“嫂……嫂子？岩哥让我这么喊。”

许禾表情柔化了一点：“他还说什么了？”

TA XIANG FENG YI YANG ZI YOU

第八章

我忠诚于国家，忠诚于自己，也忠诚于你

日头高悬，终于到了十二点的尾巴。

许禾坐在矮凳上，拿着剪子帮塔里木一起修剪羊毛。说是帮忙，其实并没有动手，她光是盯着羊身上脏得拧巴成一团的毛就觉得头皮发麻。

下午布尔泊村要办一个狩猎节，每家都要供出一头修剪漂亮的羊当猎物。塔里木把羊送去村长那儿，遇到人就说许禾是他姑母，回来探亲了。

许禾一早就按陆岩的吩咐换上了一套颜色暗淡的回民服装，脸上化了个逼真得爹妈不认的老态妆容，一个村的人竟谁也没觉得不对。

塔里木被村长喊去搭建猎场，许禾也觉得新鲜，就跟在队伍里打算看看热闹。谁知一队人才刚走到立了村子名称石碑的口子上，就碰见不远处一行人骑着骆驼来了。

那队人一共七个，个个人高马大，身上都穿着简单易动作的长衣长裤，头上盖着外衣。为首的男人脸上那块黑色眼罩实在很明显，许禾一下子绷直了脊背，立刻想，他们那么多人，要是找到陆岩了可怎么办？

许禾心思百转千回，面上却不动声色，视线忽然扫到了那队人中一张熟悉的脸，是黑米。

出神间，那一行人已经到了跟前。

光头跨坐在骆驼上，嗓子因为干涩显得十分粗犷："喂，有没有看见过一男一女从这过去？"

许禾心底一震。

村民都摇摇头。

光头不信，两条粗黑的八字眉一耸："真没有？"

见他们还是摇头，独眼抬了抬手制止了光头："废那么多话干什么？"

他从骆驼鞍上取出个弩机，对准了走在最前的村长："到底有没有？”

眼看独眼要动手扳动弩机上的悬刀，许禾瞳孔一缩，只见塔里木弱弱地举了手：“我……我看见一男一女往那边走了！”他指的方向正是西面。

独眼盯着他：“什么时候看到的？”

塔里木浑身抖得像在筛糠：“早……早上，我去撒尿……”

独眼眯着眼：“他们长什么样？”

塔里木吞吞口水：“我……我没看清，他们骑着骆驼走得很快……”

这说法毫无漏洞，塔里木也害怕得恰到好处，一张脸上都是汗，要不是现在情况不允许，许禾真想给他鼓鼓掌。

光头挨到独眼身边：“大哥，咱们不能慢了。”

独眼盯着看不见头的沙漠，“啧”了一声，赶着骆驼往北走了。

他一走，身后的人全都跟上，很快一队人消失在了视线里。

尽管知道陆岩跟他们去的方向不一样，许禾一颗心还是狠狠提了起来。

也不知道陆岩现在怎么样？许禾现在心乱如麻，这种感觉比让她去做一台手术还要心里没底。

猎场搭建完毕后，许禾的手机忽然振动起来。她以为是陆岩，掏出来一看才发现是李子川。

李子川急道："小禾妹妹，你在哪儿呢？"

许禾顶着灼热的太阳光，一双眉拧成麻花："沙漠，怎么了？"

"你跟岩哥在一起吗？我打不通岩哥电话了，我们看着市局的人运走了文物现在正往沙漠赶呢！"

"我在沙漠中心的布尔泊村，陆岩一个人去找墓地了。你们速度快点，独眼已经来过了，我怕陆岩一个人有危险。"

"好，我们会尽快赶到，小禾妹妹你先在那儿等等。"

说了没几句，电话自动挂断了，许禾才发现手机信号时有时无，也怪不得联系不上陆岩。

许禾跟着塔里木回了家，正心烦意乱的时候，瞥见堂屋的墙壁上挂着一张弓。

下午四点左右，李子川带着六个人来了。

塔里木正在猎场里跟人比射箭，看到又一队骑骆驼的人过来，吓得一箭射偏。

许禾就在猎场外围跟布尔泊村的女人们观看比赛，看到人立即迎了出去："川子！"

李子川带来的这些人都是许禾在科尔木村见过的，一时也觉得亲切起来。

李子川往人群里瞥了好几眼，愣是没看到许禾："这真是奇了怪了……”

宋银比他靠谱点儿，他盯着走过来的这个裹着头纱的女人，不确定地说：“小禾妹妹？”

李子川大惊。

看着面前苍老得仿佛五十来岁的女人，李子川惊得嘴巴都闭不拢——

这是怎么回事？岁月对小禾妹妹做了什么？

“川子哥！”塔里木已经从猎场出来了，他一身黑黄的皮肤，手里拿着弓，身下跨着骆驼，穿着轻便的回族服饰，看着还真挺威风。

“哟，塔里木，你怎么在……”李子川话到嘴边转了个弯儿，“原来你住这儿啊！”

塔里木已经翻身下来了，一边牵着骆驼一边领着一群人往家里走。

七八号人，窝在塔里木家里囫囵吃了一顿饭。

趁着李子川等人在外休整时，许禾走到堂屋：“塔里木，你的弓借我用用。”

塔里木虽然不知道她要做什么，还是把弓递了过去：“给。”

许禾拿起弓和箭筒就往外走：“谢了。”

“这大下午的，热死老子了。”独眼拿衣服当扇子扇着风，额头上豆大的汗水直往下滴。

他们已经在这儿走了三个小时，大漠空旷又沉寂，放眼望去竟然还是漫无边际的满目黄沙。这样相同的景色，他们昨天就已经看腻了。

黑米担忧地看着身后一个个东倒西歪地趴在骆驼脖子上的兄弟说道：“大哥，兄弟们都不行了。”

这么大的太阳，晒得人像是蜕了层皮，身上辣辣地疼。

独眼粗硬的眉毛挤在一起，环顾四周也没看见有能休息的地方，他咬了咬牙：“再往前看看有没有屋子，找个阴凉的地方就休息休息。”

然而在这沙漠里，能遮阳的屋子可比绿洲还难找。

又过了一个小时，独眼实在被晒得没力气了，就让一行人停下来，自己躲进了骆驼的影子里。

光头背靠着骆驼一条腿，连挥手的力气都没了：“大哥……”

独眼抹了把被汗透的衣服：“别说话，存着点水分。”

光头立刻闭嘴了，他恨不得把呼出的水汽都吸回去。

休息了十来分钟，独眼又带着人继续往前走，眼看着夜幕要降临了，他们终于发现了一处小型绿洲，商量着在这儿过一夜。

与此同时，一路往东边走的陆岩也已经搭好了帐篷。

他坐在帐篷口，从包里摸出了肉干果腹。肉干味道入口干涩，难以咀嚼，他又喝了好几口水，盯着星子漫天的夜空，忽然想起了许禾，她吃肉干的时候那副苦大仇深的表情。

也不知道许禾现在在做什么？

陆岩指腹抵着自己干燥的下唇，忽然想起许禾双唇的触感，绵软香甜，像刚出炉的甜点那样诱人。

他只亲了她一口，就再也忘不了了。

想了想，陆岩从口袋里摸出一盒烟，他刚点燃一根，又想起了什么将烟头掐灭伸手从另外一边的口袋里拿出一支柚子唇膏。唇膏被他的体温和沙漠的高温化得软塌塌的，那股柚子的香气却越发馥郁芬芳。他正想往唇上抹，忽而耳尖动了动，敏锐地察觉到了一抹细微的声响。

有人来了。

陆岩速度飞快地收拾好东西，忽然只听见一道拳风袭来，他猛地偏开头，顺势抱着背包在沙地上滚了一圈。

冯癞子一拳打空也不急，他扭头一看，果然见陆岩站在不远处没有动。

因为他被包围了。

陆岩已经把包背在了身上，他视线在周围扫了一圈，确认这些人都是从未见过的生面孔。他们的口音倒像是滨海本地人，身上的衣服也很有特色，都是宽松的大脚裤和盖头的外衫，像是常年生活在沙漠附近或者经常会有风沙的地方。

冯癞子将半指手套戴上，笑着说："陆队长，别反抗了，跟我们走一趟吧。要是找到了那地方，里头的东西算你一份儿！"

陆岩盯着冯癞子，月光下男人脸上一道疤格外狰狞。他嘴角挑起一道冷硬的弧度："我要是不呢？"

冯癞子脸上飞快攀爬上狠意："那就打到你去为止！"

他话音刚落，围着陆岩的五六个男人就一齐上前，他们个个都身材健硕，露在外面的手臂肌肉结实，一看就是常年锻炼形成的。

陆岩从靴子里抽出短刀，一抹冷光映亮了他乌沉沉的眉眼。

三儿是这群人里最能打的，他学过格斗术。

陆岩一个跨步挡住三儿甩过来的胳膊，反抬一脚踹中三儿的腹部，然后一个旋身，刀尖擦着三儿腹部划过，可惜三儿后仰躲过了。

三儿退了几步就又缠了上来，想去拧陆岩的手臂，可陆岩动作快得惊人，他侧身躲过三儿的攻击，反而拧住了另一个人的右臂，然后狠狠一用力，只听"咔嚓"一声，那人面露痛苦，手臂软绵无力地垂了下去。

三儿见状，忍不住呸了一声："垃圾！"他迅速从口袋里摸出小刀，快跑几步一跃而起。

那刀子泛着森寒的光，陆岩立即转身一躲，刀刃在他背包上划了一道，被割开的口子那儿直直掉下来一根警棍。

陆岩一脚把警棍踹到旁边过来帮忙的男人脸上，他力气大，警棍把那人的鼻骨打得歪在了一边。他快跑过去，顺便将刀子收回靴子里，几秒钟的工夫就捡到了警棍。

警棍是由金属和橡胶制成的，又是长武器，打起人来更加方便。

三儿握着刀冲上前去。

这时候，冯癞子忍不住了，他踹开脚边一个捂着肚子滚个不停的兄弟，摸出把刀去帮三儿。

冯癞子动作很快，在陆岩压制住三儿时冲过去，一刀划在陆岩手臂上。刀刃很锋利，穿透了陆岩的两层衣袖，陆岩吃痛，踹开三儿，一手抓着冯癞子握着刀的手，然后，狠狠甩开！

刀刃上鲜红的血迹在惨白的月光下显得格外骇人，顺着刀尖一滴滴落进沙子里。

陆岩在冯癞子还想上前的同时飞起一脚，将他的脖子圈在后膝弯，抡起拳头狠狠一砸！

冯癞子痛得睁不开双眼："啊——"

"冯哥！"三儿已经爬起来了。

陆岩身上挂了不少彩，胳膊又被划了一刀，脸色不怎么好看，眼看着三儿又要过来了，他踹开冯癞子就跑。

三儿原地跺了一脚，心底十分不甘："这么多人还让他给跑了！冯哥，没事吧？"

陆岩跑出好一段，他边跑边拿刀割开了外套的袖子，绑在了伤口上止血。

骆驼被他拴在了之前休息的那片绿洲的一棵树上，也来不及牵走，之后的路只能步行了。茫茫沙漠，步行也不知道什么时候才能走到头。

陆岩也不知道自己走了多久，耳边逐渐连风声都停了他才停下来，一张脸苍白得吓人。他靠着一棵棕榈树喘匀了气，才偏头看了眼伤口。伤口血肉外翻，血腥气直往鼻子里扑。

他在想，如果许禾看到了会是一种怎样的表情？

会不会有他期待的那一种心疼？

整个晚上，陆岩都在浅眠状态，昨晚的冯癞子一伙人让他提起了十二万分的精神。

按理说，独眼等人此时应该在沙漠西边，冯癞子这伙人跟独眼显然不是一起的，而且他们也并不知道古城的位置，应该是进沙漠后误打误撞碰到他的。没想到坤爷手底下除了独眼竟然还养了这么一群人。

陆岩手机没信号，也不知道李子川和宋银等人到哪儿了，现在一切都只能靠自己。

天才刚蒙蒙亮，陆岩就背着包出发了。

太阳刚出来这段时间是最好分辨方向的，他只要跟着太阳走，方向就不会错。谁知他才刚从棕榈树后走出来，就又和冯癞子一伙人打了个照面！

陆岩咬了咬后槽牙：“没完没了，该死！”

冯癞子一行五人骑着骆驼，赶过来的速度要比想象中的快很多。

眼看着他们越来越近，离自己不过三十步，陆岩摸了摸藏在袖口的袖箭，打开蝴蝶片开关，一支短箭破空而出，精准地扎在三儿腹部！

徐光做的袖箭是个小东西，虽然是远程武器，可袖箭筒内只有两个小管，也就是说，筒内只有两支箭，只能用两次。

三儿捂着出血的腹部大吼：“小心点，这小子手里还有暗器！”

一时间，冯癞子等人不敢上前，骆驼就在原地打转。

没入腹部的箭矢虽然小，但是异物入体终归是不太舒服，三儿把箭矢从身体里抠出来，丢进了沙地里：“这小子有点心机！”

陆岩从昨晚就已经确定了他们跟独眼那专门盗文物的不同，他们手里没有弩弓之类的东西，应该是纯粹的打手。他后退了几步，轻易不敢再用第二支箭。

冯癞子放话道：“陆队长，别跑了，再跑就没意思了！”

顿了顿，他又说：“就算你有武器，我们这么多人，你也没有这么多支箭可以用吧？你只要带我们去古城，然后打开城门，我保你平安走出沙漠！我冯癞子说话算话！”

陆岩冷嗤了一声,半边身子藏在树后:“跟强盗有什么信任可言?何况你说了也不算，坤爷可巴不得我去死，他会让你浪费这个杀我的好机会吗？只怕我找到古城就会被灭口吧？”

冯癞子面色一狠:“陆岩，你别敬酒不吃吃罚酒！让你带我们去找古城是给你面子,你要是不愿意,我们只能把你绑起来压着去了！”

说完，冯癞子也不管他手里还有没有武器，带着人就往前走。

陆岩最后一支箭终于发射出去，刚好射中了一个男人的大腿，那男人直接从骆驼上滚了下去。

陆岩原本是打算射冯癞子，可冯癞子实在狡猾，竟然让自己的兄弟先冲!

眼见他们离自己只剩下两三米远，冯癞子从骆驼上跳下来，二话不说就要抓他!

陆岩一惊，连忙反身后退，心想这些人的路数是真的狠。

冯癞子手里有把月牙形弯刀，刀刃打磨得十分锋利，影子投在沙面上，无形中给人一种凶狠的感觉。他双手握着刀，打算对待陆岩时像对待死在自己手里的马和羊。

陆岩一刻也没敢大意，他挥着棍子，“砰”的一声挡住刀刃，警棍正好抵在弯刀中央的弧度上，弯弯的刀尖就在离自己鼻尖不到两厘米的地方。陆岩仿佛能听见自己粗重的呼吸声。

骆驼上的人一个个都下来了，缓慢而凶狠地朝他靠近。

近了——

陆岩往下一躲，右腿扫过冯癞子的下盘，将他撂倒。

近了——

最多还有十秒。

忽然，只听见一阵破空声夹杂着风凌厉的呼啸，瞬间刺破了这个紧张危险的场面——

陆岩身前那个离他最近的男人还举着刀，正准备去抓陆岩的动作像是被定格了一样，紧接着跪倒在了沙地上。

陆岩脱力地拎着警棍，朝那准备偷袭的男人看过去，只见他的右腿上，扎着一支长箭。

陆岩顺着方向看去，一颗心脏剧烈地跳动起来。

“怎么回事？”三儿猛地扭头一看，瞳孔瞬间紧缩，眼底全是诧异。

金黄色的日头下，静立着一队人。

最中央的那匹骆驼上，一个蒙着面巾的女人手持弓箭对准了这边，她一双眼睛里散发着凛冽的光，让人为之胆寒，太阳的金辉也掩盖不住她的锋芒。

许禾将箭尖对准了三儿。

她射箭准星很好，可她只射靶子，从来没射过真人，这个时候握着弓的手其实还在微微发颤。

许禾想，要是她不小心杀了人该怎么办，所以她一点也不敢往人的上半身射。

“嗖——”一箭射出，三儿右腿中箭，立马半跪了下去。

“还愣着干什么，走！”冯癞子算是彻底反应过来了，也是跑得最快的。他翻身坐上骆驼，也不管身后的兄弟有没有跟上，赶着骆驼就走了。

三儿啐了一口，拖着伤腿，也一瘸一拐地跑了。

不一会儿，五个都挂了彩的男人就跑了。

李子川都惊呆了，嘴巴一直是“O”形闭不上。其实不光是他，宋银、徐光等人都还愣着没回过神来。

刚刚发生了什么?

许禾，射箭，无敌!

李子川觉得自己下巴都快掉没了,好半天才反应过来,讷讷地说:“禾……禾姐,你怎么做到的？”他这回连“小禾妹妹”都叫不出口了。

许禾心里发虚，无力地垂下手，长弓脱手落地，她一边拍自己的胸脯一边猛喘了几口气。

吓死了！塔里木用的箭可跟俱乐部的完全不一样!

陆岩长久地凝视着许禾，看她从身披金芒的将军一下子变成了柔软的闺阁小姐，忽而笑了。他微微弯腰，把三儿拔出的箭捡起来，慢慢走向许禾。

他要去迎接他的姑娘。

许禾从骆驼上跳下来，用来遮挡沙尘入口的面巾掉了也没在意，她踩着沙子跑到他面前，声音还是颤的："陆岩，你没事吧？"

他脸上有伤，手上、胳膊上也有，衣服松松垮垮破破烂烂，凝固的暗红色那么刺眼。

男色撩人。

陆岩把箭给她，手心干涸的血迹刺眼明亮："怕吗？"

许禾握着箭抱着他，嗓音里带着浅浅的哭腔："怕啊，怎么不怕，我身上现在还是抖的！"

她现在所看见的一切，不是电视剧演戏，不是凭空幻想，而是真实地发生了，这让她怎么不怕？

陆岩低笑了几声，也不顾手臂的刀伤用力地回抱住她，嗓子低哑："没事了。"

宋银看着陆岩身上的血迹，有些内疚："对不起，岩哥，我们来晚了。"

陆岩松开许禾，摇摇头："不是什么大事。"

他才刚说完，手臂就被许禾捶了一下，他立即发出了一声闷哼。

许禾抿着唇，眼里明明白白写着几个字：装，接着装。

陆岩咳了一声："好了，你们连夜赶来的吧，先去休息会儿。"

许禾拉着陆岩到了树底下坐着，她已经从陆岩的背包里摸出了药，先给他消毒然后再涂药，一双眼泛着红。她不敢去想陆岩一个人的时候遭遇了什么，以前的她甚至想象不到文物保护警察竟然也会身陷险境。

陆岩盯着她头顶秀气的发旋：“不疼，别担心。”

伤口被陆岩自己粗略地处理过，看着不如当时那样可怕，可也好不到哪里去，长长的一条刀伤，周围皮肉翻出，让人看着就觉得脚底冒寒气。

许禾好不容易稳住的心态又一次崩了：“这次事情了结后你的上级要是不给你升职加薪你就收拾东西辞职吧……”

陆岩笑着回应她，从未有过的满足感让他心里胀得发疼。

就算现在这样的时机不合适又怎样？

他一刻也不想等了。

“许禾。”

许禾低着头处理他的伤口，动作极力做到轻柔：“嗯。”

“你谈过恋爱吗？”

许禾抬起眼帘：“谈过。”

“后来呢？”

“分了。”

“原因？”

许禾像是不愿意提起这件事，眉心皱了皱：“被绿了。”

陆岩不可置信：“你会被绿？”

许禾不情不愿："嗯，他说我跟他性别不同，不合适。"

陆岩突然低低笑了起来，然后越笑声音越大。他靠着树干，笑得仿佛要仰倒。

"喂！"许禾本来就一直对这件事耿耿于怀，他居然还笑！

刚分手的那几天许禾就在想，到底是什么样的女人打败了她？直到她和曲沉有天从俱乐部回家，在路上遇到了他们在街角接吻。

陆岩笑够了，变得认真起来："许禾，跟我谈吧。"

"？"

"我不会绿你。"陆岩看着她，乌黑的眼睛里倒映出她现在的样子。

她嘴唇微张，有些不可思议。

"我是个警察，我所学到的第一课就是忠诚。我忠诚于国家，忠诚于自己，也忠诚于你。"

宋银怀着敬畏之心把地上的弓捡起来，妥当地安置在驼背上。

李子川推推他的肩膀："快看，队长跟禾姐在那儿做什么呢？"

宋银遥遥看了一眼树下对坐的两个人，不知道怎么说，他觉得陆岩跟许禾之间的气氛变得更加融洽了。他是个讲究人："要不了多久，咱们又得给禾姐换称呼了。"

徐光从后面凑过来，挤到他们中间："你说禾姐那技术……"

他说着做了个拉弓射箭的动作出来，满眼佩服地说："是怎么练出来的？她不是拿手术刀的吗？”

日头慢慢爬到了头顶，一股热风吹来，细沙直往脸上扑。

独眼咳了几声，吐出一口含沙的口水。

他看着这沙丘连绵的破地方，忽然想起楚路来，忍不住骂：“老子在这儿受罪，那帮孙子却在家里舒舒服服地泡妞，等这事儿成了，我就跟坤爷申请让他也尝尝待在大西北盗墓的滋味儿！到时候咱们兄弟，就去住帝都的大房子，想泡多少妞就泡多少！”

队里的人稀稀拉拉地拍手附和着说好。

就在这时，黑米眼尖地看到了除了黄沙以外的景色，他指着前方喊道：“大哥，咱们出来了！”

前方几百米外，是一片满目荒色的草丛。

远处一大队身影慢慢从草丛后现出来。

独眼立刻警觉地摸到后腰处放着的刀。

那队人跨坐在骆驼上，都穿着相似的服装，宽大的白袍，头上再戴个圆圆的白帽，白袍把大半张脸遮住，只露出一双双眼睛。没多大一会儿，就慢悠悠晃到了跟前。

骑在第一匹骆驼上的男人冲他们喊道：“喂，老乡，前面是荒地，你们来这儿做什么？”

光头看向独眼：“大哥？”

那队人的骆驼上都载着不少东西，应该是出入沙漠的商队。

独眼把刀收回去：“哥们见过一男一女往这边走了吗？”

男人说：“这路我可经常走，从没见过你说的人，这边过去可就和别的国家接壤了，你们还是别过去了。”

“你好好想想，确实没人过去？”

“没有，这边可不是谁都能来的，再往前走就到了外国的防守带了。”

独眼想了想，忽然把手里的干粮砸在了沙地里：“上当了！”

光头不解地问：“大哥？啥上当？”

独眼猛地一巴掌扇在他头上：“说你蠢你还真蠢，陆岩那小子肯定是故意放出消息来的，这是个假消息！我说那小子怎么可能让这么大的事传出来呢！”

黑米像是也反应过来了，狠狠往地上吐了口唾沫：“诓我！”

独眼垂眸沉思：“这个时候那小子怕是已经找到地方了！”他赶着骆驼转了个弯，“快，往回走！”

出了沙漠，入目的是散落着几座石壁的平坦的沙土地，稀稀拉拉的草木长相很讨喜。不远处是大片大片的胡杨树，一眼看不到头，碧绿的叶子层层叠叠，在荒漠附近绿得喜人。

李子川蹲在一株长了有五六十厘米高的植物跟前“哇”了一声：

“这玩意儿在这种地方都能长这么健壮可真坚强啊！”

许禾跟着睨了一眼，她刚好认识这东西：“那是肉苁蓉，是一种寄生植物，一直被称为‘沙漠人参’，晒干了是味好药材。”

李子川怀疑地盯着看了会儿：“有啥用？”

许禾上下打量他几眼，嘴唇挑了挑，吐出两个字：“补肾。”

李子川心里嘀咕：怎么觉得自己被骂了？

陆岩看向她：“你对中药也有研究？”

许禾正在拿水洗脸，她洗得小心翼翼，生怕浪费太多水，又实在受不了自己脸上的颗粒感：“我爷爷是中医，从小耳濡目染就知道了。”

“嗯，”陆岩拿过她手里的水瓶，“我帮你倒。”

许禾也没想太多，并拢双手去接，结果陆岩一下给她倒了小半瓶。

“我可以少用点，”许禾抿唇，“这是喝的。”

“没事，你用。”陆岩看她把水往脸上泼，“还要洗吗？”

“不了。”许禾忙把瓶子又拿回自己手里，“我们还要往前走吗？”

“不用，就是这儿了。”陆岩回头看着正分散开四处搜寻的队员，目光放远了一点，“很快就能找到墓穴的所在点了。”

语毕，徐光在不远处招手：“岩哥，你来看！”

徐光手里拎着洛阳铲，已经在这儿下了几铲子了。

陆岩看了看被铲出的土，眸色渐深：“都过来。”

很快，在几个人的共同努力下，一层层土被翻了上来。

陆岩一铲子下去，忽然只听得“嘭”的一声响，所有人都像是被人按了停止键一样顿住了。

陆岩眸色更深：“就是这里。”

几个小时过去，陆岩等人把铲出的沙土重新盖了回去，在表面重重踩了几脚，将这片地方还原得就像是他们没有挖过东西一样。

“现在怎么办？”许禾问。

“叫人。”陆岩看看手机，仍旧没有信号，看来只能先回布尔泊村再接人过来了。

于是，当天考古队几个人坐着骆驼走上了回程的路。

陆岩没有骆驼，就跟许禾同乘一匹。

他把人以一个绝对的保护姿态圈在怀里，不用低头都能闻到她身上隐隐约约的芳香。

独眼正跟着商队回程，有熟门熟路的商队带领，他们回程的速度比来时快了许多。可他怎么也没有想到，会在这儿跟楚路碰上！

楚路带着一拨人正往这边走，他们养尊处优惯了，明显不太适应沙漠的环境，一个个蔫了吧唧的。可这不是独眼关注的地方，他关注的是——楚路为什么会往这边走？

独眼回头，审视的目光一一划过自己的兄弟们，却见他的兄弟们全是一副茫然的神情，再扭头时，心不受控地开始发凉。

一个念头猛然蹿了出来——他们不信任他。

独眼阴毒的眼神盯着楚路：“你怎么会在这儿？”

楚路推了推金边眼镜，挡住自己凌厉的目光。他换下了西装只穿了身运动服，可看起来也比独眼这群人体面优雅得多：“怕你完成不了任务，所以我亲自出手。”

独眼一下子从骆驼上跳下去，快走几步拽住了楚路的衣领：“我问你是怎么知道方向的？”他凸起的眼球上爬满了血丝，看着格外吓人。

就在独眼暴起抓人的时候，他身后的兄弟也都抽出了刀，随时准备上前了。

楚路拂开他的手，接着像是衣领染上了脏东西似的拍了拍：“我想知道自然有知道的方法，你们往回走难道是因为已经找到了地方？走吧，带我去。”

独眼一把把楚路推开几步远跌坐在沙地上：“你凭什么指挥老子？你是不是监视老子？我独眼为坤爷尽心尽力这么多年，功劳苦劳都有，你竟然监视我？”

楚路撑着地笑了笑：“我不想跟你吵，这没意思，你只要带我找到古城，其余的什么也不用做。坤爷那边，我会帮你美言几句的。”

独眼觉得拳头开始痒了：“你什么意思？抢功吗？”

楚路带来的打手挡在他跟前，被他推开：“你的办事能力你自己清楚，坤爷可很久没收到过你的货了……”

“我这次可以立大功，等我把这个地方找到了，我就算一年没有交货坤爷也不会怪罪我！”

“恐怕不行了，这个功劳是我的。”

“你！”独眼指着他，“你就算监视我又怎么样？墓地根本就不在这边！你以为我为什么往回走？陆岩那小子诓了我，没想到你这傻瓜也上了当！”

楚路神色微变：“你说什么？墓地不在这边？”

独眼竟然觉得心情畅快了不少：“对，恐怕陆岩那小子已经找到了。我拿不到，你也别想拿到！”

楚路咬了咬牙，抡起一拳砸在独眼嘴角：“我看你是疯了！”

独眼被打，骨子里的凶性也激了出来，更多的是被人利用的恼怒。他快步上前，拳头捅在楚路肚子上：“老子让你逞威风！看不惯你很久了，今天就让你知道你爹的厉害！”

老大打起来了，双方的小弟们也不甘示弱，瞬间加入了打斗。

黄沙漫天的大漠里，翻滚着沙浪，一时间连对手的脸都是模糊的。

带着独眼的商队早就偷偷地赶着骆驼跑了。

正打得火热，忽然混乱的人群中有人大叫了一声：“别打了！看，快看啊！”

众人都被这声音吸引，抬起了头。

远处，一座巨大的古城虚影显露了出来。

紧闭的城门打开，许多的人穿着奇怪的服装蜂拥而出。他们手里拿着各种各样的东西，跪地而拜。

即便四周静默无声，他们却仿佛真的听到了喧哗的人声，他们在祭拜着什么。

这场面壮观阔丽，就如同真的发生在眼前。

楚路从地上站起来讷讷道："海市蜃楼。"

虚影和他们之间仿佛隔了很远，又好像近在眼前。

"海市蜃楼。"陆岩说。

"他们在干什么？"许禾还是第一次看见这样的场面。

"农历的六月十九是太阳节，高古人在祭拜太阳神。"

许禾偏头，见陆岩神色认真，忍不住抽了抽嘴角："这只是一种因为光的折射和全反射而形成的自然现象。"

陆岩摸了摸她的头："可你知道，有些事情是不能用科学来解释的。"

就在这时，独眼的人忽然看见了他们，大声喊道："大哥，是陆岩！"

独眼一抬眼，相隔不远的地方，可不就是陆岩那一行人吗？

“快走！”陆岩大喊一声，赶着骆驼就跑。

很快，他们身后就跟了十五六号人骑着骆驼在追。

箭像是不要钱似的被射出来，擦着陆岩手臂过去，让人很有一种古时上战场的感觉。

徐光在身后大喊：“岩哥，接着！”

陆岩稳稳地把东西接住了，是一捆形状一致的箭。他快速把袖箭箭筒装满，扭头射出一箭。

二十来匹骆驼前后奔跑在沙漠中，蹄子扬起层层沙浪。

许禾被护在怀里，仿佛将四周声响都隔绝了，只剩下陆岩和她交织在一起的心跳声，一下一下，急促而有力。

也幸亏徐光有先见之明，来之前就准备好了袖箭和箭，否则他们只能是独眼的靶子。

好不容易甩脱了人，许禾才发现有三个队友受伤了。

处理完他们的伤口，天色也暗了下来。他们回程的脚步一直没有停止，也没有去塔里木家，而是直接出了沙漠，到了快天亮的时候终于进了克什村。

许禾在客栈里洗了澡换了衣服，一颗心仍旧没有完全放下，她总觉得还会出事。

忽然，房门被人敲响，许禾瞬间觉得头顶一炸。

似乎知道她在害怕，门外响起一个声音："是我。"

她放下心去开门，陆岩就站在门口，他身上还带着水汽，显然也是洗了个澡，手里还端着碗正冒热气的面。

吃了好几天干粮，许禾光是闻着面上的葱花香味就使劲儿地在分泌唾液了："你怎么来了？"

"找你有事。"

许禾端着面吃得正香，忽然听见陆岩说："我已经帮你买好了机票。"

她吃面的动作一顿，抬起眼睛。热气氤氲下，她的眼底仿佛流动着水光。

"川子他们已经在联系市局了，很快会有一队刑警过来，我先送你去机场。这里太危险，你在这我不放心。"

许禾一直都知道从沙漠出来后会有这一刻，只是没想到会这么早。她没说话，因为她知道自己在这儿陆岩会有多为难，她留下只是个拖累。

"等这边的事情完了，我就申请回帝都，到时候再去找你。"

"嗯。"许禾应完，继续低头吃面。

很快，一碗面见底，她把碗推开："什么时候？"

"下午五点。"他们离机场很远，但是只要路上不停留，三点半左右就能赶到。

“嗯，我去收拾收拾。”许禾转身去了洗漱间。

过了会儿，她在里面喊：“陆岩，过来一下。”

陆岩起身走过去：“怎么了？”

许禾刚好擦完嘴唇边的牙膏沫，她盯着陆岩那张棱角分明的脸看了会儿，忽而踮着脚双手环住陆岩的脖子仰头亲了上去。

牙膏里的薄荷味在口腔炸开。

陆岩拥住她，跟她唇舌交缠，他动作怜惜，带着不舍。

直到嘴里的薄荷味淡了，两人才停下。

许禾的唇嫣红，比抹了唇釉还要漂亮。

她盯着陆岩，摸摸他的嘴：“我给你的唇膏要记得用。”

陆岩喘了口气，嗓音暗哑：“嗯。”

许禾环顾四周，她其实没什么要准备的：“走吧。”

第九章

当初那个少年，如今长成了她爱的模样

三点半，滨海机场。

市区上空阴云笼罩，看样子像是有一场雨要来，飞机也延误了。

许禾知道陆岩现在不能耽误时间，十分贴心地说："你回去吧，我可以的。"

陆岩摁着她，在她嘴边轻吻了吻："等着我。"

曲沉的电话来得很及时："什么时候到，我去接你。"

许禾点了杯奶茶握在手里，冰凉凉的十分舒服，她忍不住喟叹一声才说："飞机晚点了，到了我再给你发消息。"

电话才刚挂，许禾把手机塞进包里时，手腕上的链子竟然跟包链钩在了一起，她没注意抬了抬手，腕上的链子就被钩断掉在了地上。

许禾还记得她妈妈徐莹女士说银子辟邪保平安，她笑了下，觉得自己真是被陆岩带偏了，竟然变得迷信起来。她刚把手链收进包里，就听见有人在喊："有没有医生啊，有人晕倒了！"

许禾喝奶茶的动作一顿，连行李箱都没拿一阵风似的跑了过去，果然见一个男人躺在地上不省人事。男人身穿剪裁得体、料子上乘的西装，一张脸埋在地面一动不动。

她在人群外围，焦急道："我是医生，让一让！"

人群给她让了条道，她刚想把男人翻个身，手腕就被狠狠攥住："别喊，否则我就杀了你。"

她腹部被刀子抵着，即使隔着一层衣服，也能感觉到刀尖传来的冰冷："你……"

"扶我起来，不许叫！"

被隐蔽地威胁着的许禾后背顺着脊椎骨滑下几滴冷汗，不得不把那男人扶了起来。

"我来帮帮你吧？"

一个乘客正想伸手，许禾就感觉到刀子又近了几分。那男人威胁着说："说你外面有车。"

许禾咬了咬牙："不用！我能行，我外面有车，刚好能送他去医院。”

她被迫按照那男人的指示坐进了外面早就停好的轿车上，车门一关，腹部上的刀就撤了力道。

许禾身边还坐着个人，五十岁左右的年纪，两鬓虽然有了白发，人却十分精神。

她抬了抬眼，正想说话，那个人刚好扭过头，那张苍老却精神的脸一下子撞进眼睛里，她立刻怔住了。那些被遗忘的记忆，在看到这张脸的瞬间，通通涌了出来！

眼前漫天飞沙，狂风拍打着身体，铺天盖地的叫喊几乎要刺穿了她的耳膜。

“宋阿姨！”许禾尖声大叫，瘦小的身影在席卷来的风沙里看起来格外无助，“姑姑！”

一点回应都没有。

谁也没有回答她。

一张张脸从脑海里闪过——

许昕然、宋芝、陆成岭……陆岩！

这个年过半百的人是李坤，那个带他们去月牙滩的导游。

拿着刀的男人恭敬地低着头：“坤爷，怎么做？”

盗墓贼！许禾瞳孔骤然收缩。

李坤手里把玩着两个文玩核桃，闻言笑了笑：“江毅，你粗鲁了。”

江毅埋着头："对不起。"

李坤又看向许禾："小姑娘别害怕，我们请你来没有别的意思，只需要你带我们找到古城。"

许禾在心底冷笑了一声，只怕带你去了下一秒就会被灭口。看着倒是衣冠楚楚，没想到其实是个衣冠禽兽。

"我不知道什么古城。"她冷冷道。

"小姑娘，说谎可不是好孩子。"

李坤眼睛动了动，下一秒许禾就又被刀抵着了："你！"

"我既然能抓到你，就说明我对你很了解，包括你在滨海都做过什么。"

许禾讨厌极了这种被人查根究底的感觉，但她毫无办法，只能咬着牙说："好，我可以带你去，但我的人身安全你必须保证。"

李坤示意江毅把刀放下，微笑着说："你放心，我保证你不会少一根汗毛。"

许禾没想过自己前脚才刚离开沙漠，后脚就又要进去。

汽车行驶了几个小时后，许禾的手机响了，是曲沉打来的。

江毅把她的手机从包里摸了去，看向李坤。李坤眼也没睁，江毅直接挂断电话。没过一会儿，曲沉又打过来了。江毅直接把曲沉的号码拖进了黑名单。

曲沉人在帝都机场等着，许禾的电话却死活打不通，她坐的那班飞机都已经到了。他右眼皮跳个不停，三伏的天，他心底却腾起一股凉气。

右眼皮跳的不只是曲沉，还有陆岩。

陆岩心神不宁地开着车，终于摸出了手机。

许禾的手机又响了。江毅看到来电显示，立刻警觉起来：“坤爷，是陆岩。”

李坤原本闭着的眼睁开，眼底乌沉沉一片：“接。”

江毅看着许禾：“什么该说什么不该说你拎清楚。”

电话被递到耳边，许禾满脑子都在想怎么跟陆岩说自己被抓的事情，她身边都有人，怎么说好像都会露馅。

“许禾。”接通电话，陆岩率先开口。

许禾拧眉：“嗯。”

“到家了吗？”

许禾沉默两秒：“到了。”

“那就好。”

许禾周围安静得吓人，她又怕陆岩得到回答就会挂电话，眼一闭就说：“陆岩，我想你了。”

陆岩估计是被她如此直白的话弄得愣了，半晌没说话。

他觉得许禾有点奇怪，又说不上哪里奇怪：“我也是，有没有吃饭？”

说到吃饭，许禾忽然间脑子里灵光一闪：“还没，我想吃你带的牛肉干了。”

陆岩皱眉。

许禾不知道陆岩有没有理解她的意思，正想再加一把火，就感觉刀子倏然间逼近，只能咬牙：“那……那没事的话我先挂了。”

陆岩盯着手机，眉眼沉沉。

紧赶慢赶，第二天一早许禾就被带着进了沙漠。

她盯着身下的骆驼，意外地发现这竟然是自己之前骑的那一头，第一个驼峰上有一撮黑毛。

租骆驼的时候江毅写的那些名字，许禾一看就知道是胡诌的，也不知道陆岩有没有发觉她被抓了。

就在这时，远处跑来几个人，许禾定睛一看。

来的人是楚路。

“坤爷，兄弟们已经准备好了。”楚路刚说完就看到了许禾，也是一愣，才后知后觉地说，“这太好了，独眼的消息是假的，这女人一直跟着陆岩，肯定知道地方。”

等到了楚路等人休息的绿洲，许禾看着这数量庞大的三拨人，心底微微一颤。

独眼的人跟楚路的人各自占了一边，中央隔着个小湖泊，看见人来，纷纷站了起来。

独眼一口气憋在心里很久了，他走到坤爷身边：“坤爷，楚路这小子不信任我，竟然监视我的行动，您说这可怎么算？这古城可是我先得到的消息，这个功也是我的，这小子竟然想抢我的功劳，还对我的兄弟动手，您给评评理，我独眼可是一心为您找墓盗墓从来不敢敷衍……”

“我知道,你辛苦了。”李坤拍了拍他的肩膀,“这次是楚路不懂事,等这次事成，你跟你这些兄弟就都去帝都，一人买一所大房子住着。”

独眼眯了眯眼：“行，您坤爷说的话，我可当真了！”他嘴上这么说，心底可不这么想。李坤也不问楚路是怎么监视他的，就光会拿话敷衍他，明显是也知道这件事。这群人外表看着贵气，其实都是一类人，心都是黑的。

独眼心底冷笑，脸上不显，看向李坤身后的许禾，眼神忽然一定，一个想法忽然从脑海里冒出来。

如果他得到了那座古城……

这些天和陆岩交手，他能看出来许禾是陆岩的一根软肋。等他找到了古城的位置，再用许禾去换虎符，那座城里的所有东西，不都是他的了吗？

独眼心底打着这样一个算盘，打完招呼后就带着人跟着坤爷坐在了一起。

一大群人围着李坤，许禾坐在他身边只觉得浑身不自在。独眼手下那群人的目光隐晦又大胆，她一扭头，正好对上黑米的眼睛。那双眼睛里流露出的贪婪，让她心底发毛。

比起楚路等人，独眼他们才是真正的野蛮又不讲道理。

等吃完东西，天也大亮了，楚路彬彬有礼道："许小姐，接下来我们该往哪里走？"

"往东边走。"她现在只有往墓地的方向走才能被陆岩发现。

"你可不要骗我。"楚路拨弄着眼镜，镜片低下一抹寒光闪过。

"我命都在你们手里，"许禾看看四周，自嘲地笑了笑，"骗你就是害我自己。"也不知道陆岩会带多少人过来，什么时候会来，她只能拖着人慢慢过去了。

可她计划着慢点去的想法，在脖子上的刀子刺破了颈部皮肤的时候打消了。

许禾捂着渗出血迹的脖子，敢怒不敢言。

夜里，十来顶帐篷像是散落海面的星星一般铺开，远处只能看到一个个橙黄的光点。

楚路的两名手下一左一右杵在许禾的帐篷口，生怕她跑了。

万籁俱寂，许禾累了一天，竟然很快睡了过去。

到了后半夜，许禾感觉到有只手顺着她的脚踝一直往上摸。她睡眠浅，尤其是在这样的环境下，稍微一有动静就惊醒了。她睡前留了个心眼，一直是和衣躺着的，连鞋都没脱。这会儿她借着手臂挡脸，悄悄睁开了一只眼，那摸她的人正是黑米。

微微敞开的帐篷外，原本看着她的两名手下已经不见了。黑米的手摸到她的大腿，正准备再往上。她被摸得一阵反胃，正思考着该怎么办时就听得外面传来一道压低了的嗓音："黑米你动作快点儿，磨磨蹭蹭干什么呢，咱们还得趁夜里赶路！"

是独眼的声音。

"知道了！"黑米应了一声，再看许禾时咬了咬牙，收回手在鼻尖陶醉地嗅了一口。

许禾浑身都在犯恶心，手臂上鸡皮疙瘩掉了一地，她摸黑摸到了包里的防狼喷雾。

这瓶喷雾样子小巧，外表写满了英文，平时就跟她的化妆品放在一起，江毅之前搜包的时候以为是普通喷雾就没当回事，让她留下了。

就在黑米想抱她出去的时候，许禾动作迅速地对准他的眼睛狠狠喷了几下，同时大喊道："救命啊！救命啊！"

女人的声音在夜晚格外嘹亮，原本第一次进沙漠累得够呛的众人全都惊醒了。

"该死的娘们儿！"黑米眼睛火辣辣地疼，怎么也睁不开，他边擦眼睛边骂，“你个贱货，给老子喷的什么玩意儿？”

坤爷手下的人全被许禾一嗓子喊出来了，一出来就跟牵着骆驼的独眼等人对上。

楚路一看独眼的架势就知道他们想趁着夜里带人跑路，脸色铁青地说：“把他们围起来！”他正准备去找许禾，走了两步却见许禾直接把黑米踹出了帐篷。

许禾从帐篷里出来，一脚踩在黑米右手上狠狠踬了几把：“早就想收拾你了，敢对我动手动脚！”她蹲下来抓着黑米的手森然一笑，“刚才就是这只手摸了我对吧，看来之前没断彻底。”

她说完后，手下一用力，就听黑米杀猪般号叫出声。

黑米那条胳膊，软塌塌地垂了下去。

李坤也出来了，他这会儿脸色难看，胸膛不断起伏，显然也是被气到了。

双方都拿着武器对准了对方，但真要打起来，独眼在人数上就输了个彻底。况且李坤手里捏着大把金钱，他们手里的弩制作精细，比起独眼手里组装起来的威力要大不少，看样子射程也更远。

李坤压着声说：“独眼，你想干什么？”

独眼笑了起来，暗黄的脸上细细小小的疤痕全在抖动，看起来十分恐怖。他盯着人群中央的男人：“坤爷，事情到了这个地步咱们就都别装了。我独眼这几年一直忠心耿耿，为你办的事也不少吧，可你是怎么对我的？”他说着把自己已经拆开的手机摸了出来，从里面取出一枚黑色芯片丢在沙地上，“我可真是瞎了眼，才会带着兄弟们拼死拼活地给你找墓！”

江毅微微偏头，用眼神询问：坤爷，动手吗？

李坤制止了江毅，随后拨弄几下衣领。他像是懒得回答独眼什么，好整以暇地盯着独眼和独眼身后的那几个手下，转移了话题：“独眼啊，你在我手下做事也有几年了，现在那群警察谁不认识你？你除了跟着我，已经没有后路了。”

独眼知道这个理，但胸口总是哽着一口气咽不下去。他铁青着脸，一只完好的眼睛里爆满血丝，一时竟说不出话来。

李坤又说：“这些年来你交给楚路的东西自己又私藏了多少，所以，消停点吧。”

独眼脸色变了变。

“行了，再有下一次，我可不会那么好说话了。”李坤瞥了瞥江毅。

江毅立即会意，带着人眨眼间缴了独眼一伙人的武器。

一场闹剧就这样草草收尾。

独眼的目光像蛇一样缠在许禾身上，似乎是在怨恨她坏了事。

许禾打了个寒噤。

隔天，许禾带着人出了沙漠，眼前现出她曾看过的景色。

头顶烈日，脚踩黄沙，许禾觉得自己这几天过得特别不真实。

楚路仍旧彬彬有礼地问：“许小姐，接下来我们该往哪里走？”

“已经到了。”许禾环视四周，心想怎么救援还不到？

“墓地在哪儿？”

“我不知道。”

“许小姐。”楚路加重了语气，“你现在只能听我们的。”

许禾再一次被江毅拿刀抵着脖子：“我真不知道，警察能把这么重要的事情告诉我吗？”

刀刃冰冰凉凉地贴在她皮肤上，似乎下一秒就会要了她的命。江毅冰冷地开口：“说。”

许禾喘了口气：“我说了我真不知道，陆岩上回只说是这里，但是没让人挖，我哪里知道？”

“既然如此，那你也没用了。”楚路示意江毅动手，“你只有最后一次机会了。”

“我真不知道，杀了我又能怎么样？”许禾手指攥紧裤缝，顶着压力继续道，“我实话跟你说，那座城需要钥匙才能打开，留着我，你们有人质，说不定能把钥匙换过来。”

许禾的作用很大，楚路原本也没打算杀她，只是想吓出她口中的话来。他跟江毅对视一眼，才离开去找李坤。

李坤正在休息，闻言立即站了起来：“什么？就在这附近？”

楚路点点头："是的。"

李坤有些激动，放下水壶说："快，让人散开去找。"他说完自己也憋不住，拿了工具去找墓了。

四散开的人找得十分仔细，乍一看，很有搜林的架势。

许禾胸腔里的心脏一直跳个不停，她有些坐不住。李坤显然在找墓方面很有自己的方法，没一会儿就找到了墓地附近。墓地旁边不远有一株肉苁蓉，许禾记得很清楚。

就在紧张和担心两种情绪的驱使下，许禾扭头往沙漠看了一眼，没人。

她没等到陆岩，反而等到了李坤喊人的声音："带着家伙都过来！"

散开的人全都聚到了一起，一时间只剩下洛阳铲铲土的声音。沙土一铲铲，很快堆成了小山。

江毅尽职尽责地扣着许禾，热风吹过来，碎发糊了许禾的眼睛。

"都先停下。"李坤说。

他弯着腰，伸手敲了敲石板，眼底隐隐露出几丝兴奋："对，就在这儿，动作小心点。"

李坤握着工具，双手有些颤抖。

十年了，整整十年，这个地方终于要出现了。

当年发现月牙滩那座墓时，他就觉得这片地方一定还有其他的墓地，只可惜一场沙尘暴阻止了他当时的计划。后来死里逃生后，他休养了几年，直到听说柯尔木村的村民报警说发现墓地，警察出动后找到了一片墓群，他就一直盯着，这么多年，终于让他找到了古城。这座城，到头来还是将由他亲手揭开面纱。

不知道过去了多久，随着一道沉闷的开棺声传来，周围此起彼伏地响起了吸气声，之后这群人都像是疯了一样，去抢棺材里的财物。

没有人会对钱无动于衷，或者说他们干这行的，享受的就是这一刻。

挖墓、盗墓，将文物兑换成钱财，远远比老老实实工作来钱更快。

许禾站在旁边，看着满满的陪葬品瞬间被一抢而空，心里十分内疚。这些人兜里装满了说不出名字的财物，都像是打了强力兴奋剂，眼里露出贪婪的神色。

李坤和楚路还站在墓里，他们显然没把这些东西放在眼里，他们在乎的，是更值得动手的东西，是那座城。

“坤爷？”楚路偏头问，“没有其他东西了。”

“你懂什么？这是个墓中墓，底下还有东西。”李坤眼底闪烁着激动的光，他狠狠喘息几下，心思更加活跃起来，“你先出去。”

“好的。”楚路撑着坑壁外缘跳了上来，立刻有人递给他一张擦手的手绢。

李坤一个人在棺材里到处敲敲看看，后来在面目全非的干尸脑袋下，发现了一个机关，样子是一枚虎符。他凝神细看，虎符是刻在棺材底部的，老虎肚子上凸出半颗圆珠。

黑米认得这个东西：“这就是虎符的另外一半！”

楚路推了推眼镜：“冯癞子还没有拿到虎符，现在怎么办？”

他之前趁着手机找到信号的时候跟冯癞子通过气，告诉了冯癞子他们的大概位置，只是陆岩太狡猾，他没得手。

李坤眯了眯眼，看向不知不觉已经从头顶往西边落下的太阳说：“等不了了，雷管炸药呢？”

楚路立即拿了个背包过来：“坤爷，在这儿。”

许禾反应过来顿时瞪大了眼睛：“你们要炸开入口？”

古城里说不定会有兵马俑之类的东西，要是这么一炸，损失不知道会有多大。

然而谁也没理她，在绝对的利益面前，一群盗墓贼怎么会去在乎即将损坏的冰山一角？

就在所有人齐齐后撤十几米，楚路即将点火引爆的时候，身后一道熟悉的嗓音顺着风飘过来：“坤爷好本事。”

许禾心底狠狠一震，她被江毅抓着回不了头，可还能看到一道高大的影子慢慢出现在身边。不知怎的，她眼眶就红了，鼻腔里酸酸涩涩的，很想哭一场。她想冲进陆岩怀里，抱着他，告诉他自己这两天表面上很淡定，其实心里怕得要死。她还想告诉他，她有多相信他，她知道他一定会来，所以她一直在等。

可她现在什么也做不了。

江毅站在她身后，拿着刀抵着她的脖子。

蓝天白云，沙漠荒原，广袤天地间风都停了。

陆岩独身一人走近。他一身风尘，眼底青黑，脸上是掩不住的疲惫，可身影仍旧挺拔，只是站在那里就让许禾觉得安心。

他这单枪匹马的架势，让所有人都觉得惊诧，惊诧之余，又觉得这是个圈套。

李坤视线四周转了一转，最后停在陆岩脸上，嘴唇嚅动了几下：“你……”

陆岩的样子，让他觉得眼熟。

陆岩盯着李坤：“坤爷，我想跟你做个交易。”

李坤回过神，暗示楚路去看看周围有没有其他人藏着，就听陆岩又说：“不用看了，我是一个人来的，也没带武器。”

李坤皮笑肉不笑：“你小子胆子倒不小。”

陆岩率先把背包丢了过去，说：“大家都是文明人，能不动手就不动手。”

楚路检查完，发现里面除了水和食物，其余什么都没有。

独眼恨恨地喊：“坤爷你可别信这小子，他邪得很，靴子里藏着刀呢！”

别人不知道，他还能不知道吗？当年第一次跟陆岩交手的时候，陆岩被自己跟一群兄弟打得头破血流就快死了，后来忽然从鞋子里摸出把刀伤了他的眼睛，他这才瞎了一只眼，陆岩也趁机跑了。

陆岩扯了扯唇说：“我什么也没带，你可以检查。”

楚路仔细地摸遍他全身，然后冲李坤摇了摇头。

独眼瞪大了眼：“怎么可能？”他怎么也想不通陆岩为什么敢连武器都不带就闯过来，真的不要命了吗？还是说这个女人就是他的命？

李坤看着陆岩：“你要跟我做什么交易？”

陆岩瞥到那座开了的墓：“这古城怎么说也是一处历史遗迹，我既然有钥匙，你就不必再用雷管炸药这种东西了，免得毁了什么特别值钱的文物大家都划不来。我把钥匙给你，你把许禾还给我，这笔交易你只赚不赔。”

“把她给你，我拿什么当人质跟你带来的人谈条件？我可不傻。”他手里一定要攥着一个筹码，免得真到了那一刻不好脱身。

“我只说了把她给我，并没说让你放我们离开，算起来，你手里还能握着两个筹码。”

陆岩当然知道凭他一个人根本跑不出这三十多人的包围圈，何况他还得带着许禾。

一旁的独眼这下是真的惊呆了，他心想陆岩是不是有什么毛病？自投罗网就算了，还做这种得不偿失的交易？这简直傻透了，其实连交易都算不上，他们完全可以把陆岩打趴下再动手抢了虎符。当然这就是他和这群西装革履的人的区别，在他看来这只是动手打一顿的事情，他们却喜欢用这种拐弯抹角的方式。

这时，楚路派出去查看周围的人都回来了，一致摇头确认了没有埋伏。

李坤抬了抬下巴，江毅就把人推到了陆岩跟前。

楚路就在江毅身边，他总觉得这事不对劲，但说不上来哪不对劲。他怕陆岩太狡猾，正想说几句例如“你别耍手段，我们这么多人你逃不出去”之类的话来威胁和警告陆岩乖乖交出虎符，谁知话才刚到嘴边，就见陆岩丝毫没有拖泥带水地把虎符丢给了他。

楚路：“……”

独眼：“……”

陆岩这一出谁都没看明白，许禾也一样。

于是，所有人都在想：这虎符怕不是假的吧？

在一种近乎诡异的气氛中，陆岩扶着许禾单薄的肩，把她上下打量一遍：“有没有哪里受伤？”

许禾摇摇头：“你这是……”打的什么主意？

话没说完，陆岩一下把她抱进怀里。

女人瘦削的身形被完全笼住，遮挡在他给她的一方空间里。

他声音带着点点内疚和后怕："对不起。"

从陆成岭和宋芝离世后，这是他第一次这么惧怕一件事。来的路上，他甚至没有好好休息过一次，一闭眼就是许禾的样子。

陆岩曾经一度以为自己这一辈子会就这么过下去，却没想到，在一个平凡的日子里，遇到了她。

李坤把虎符放在了棺木里对应的位置，只听轻微的一声"咔"，古墓墓底的石板自动打开了，露出只能容纳一人通行的黑乎乎的洞口和三道暴露在外的石阶。

光线阴暗，透不到底，谁下去探探情况成了最大的问题。

陆岩这次进沙漠之前曾接了个电话，是李世海打来的。李世海去了文管局，但仍在研究高古人留下的那些东西。他发现高古人擅长机关术，寻常的墓地里虽然没有机关的影子，可他们发现的那个太阳墓里有。陈子轩被炸伤那次，就是因为有人不小心碰到了机关。正因为这样，古城这样一座巨大的王族墓地，为了防止有人破坏墓地，内里所设置的机关一定不会少。

此时，李坤和好几个人正围着洞口探头探脑地踌躇着。

忽然，看得起劲儿的独眼被人从背后踹了一脚，之后一个踉跄导致下半身都掉进了洞里。他死死攀着洞口的石板："啊啊啊——拉我一把！快拉我一把！”

那人一脚踩在独眼的手背上，疼痛使独眼一下子松了手，大叫着滚了下去。

那人正是独眼的一个手下。

光头跳起来就要打那手下：“张腾，你找死吗？”

不光是光头，其他人也纷纷露出不可置信的神色。

张腾把光头摁在地上，他手粗腿粗，握起拳头来鼓起的肱二头肌看着比光头脑袋还大，几下就把光头揍得老老实实：“给我闭嘴！”

揍完人，张腾站直身体，走向了楚路。

这个张腾平时不显山不露水，谁也不知道他其实是楚路的人，楚路得到的所有消息都是由他提供的。

张腾盯着独眼手下一群腿脚已经在颤抖的兄弟说：“路哥，这些怎么处理？”

楚路擦了擦镜片：“全丢进去，给坤爷开路。”

张腾办事效率很高，独眼的手下们又都被缴了武器，没几分钟就如同下饺子般全都进了洞里。

从洞内传出来的动静并不大，只隐约听见有人在痛呼。

那声音细细碎碎的，像气若游丝的猫在低吟。

许禾只觉得后脊渗出了一层又一层的冷汗，她紧紧抓着陆岩的手掌，像水里漂浮着的旅人找到了木板，终于可以吁出一口气。

陆岩另一只手拍着她的背，在她耳边说："别怕。"

他口中呼出的热气，带着温暖的气息，一下子抚平了她心底波澜。

李坤有点坐不住了，他既焦虑又兴奋，时不时往洞口看几眼。

这座城，他实在等得太久了，以至于他现在一刻钟也不想再浪费。就在他准备派第二拨人进去时，沉寂了好一会儿的洞内传来了一阵阵兴奋压抑的喊声：

"天啊……发财了！"

"这什么？金樽玉碗？"

"这一回值了，城门上竟然镶了这么多珠宝！"

那声音虽然不大，但内容足够勾人，外面这些支起了耳朵留意着动静的人听得一清二楚。

李坤噌地站起身，脸上的表情让人分不清是欣喜若狂还是怒火中烧："江毅带几个人盯紧他们俩别跑了，其他人跟我走！"

除了许禾跟陆岩外，沙地上还剩十个人。许禾能看出来，除了江毅，其余几人都隐隐露出了对古墓的渴望神色。

可是，发这样的不义之财，他们真的能安心吗？

她正在出神，忽然感觉手心被捏了捏。

陆岩低头看着她，他手心里有薄薄的一层茧，皮肤有些粗粝。

许禾透过他毫无波澜的眼睛，想起了十七岁的那个少年。

少年身形如竹，挺拔却不张扬，他戴着白色耳机，看向她的时候眼里藏着揶揄。

当初那个少年，如今长成了她爱的模样。

想起什么，许禾蹙着眉神情低落，就连声音也跟着萎靡下去:“你为什么不跟我说呢，这样的话我说不定早就记起来了。”

陆岩隔了一会儿才领悟她的意思，他用拇指抚平她眉心的褶皱：“我只是不想你为这些事情烦心。”

皱眉的表情不适合出现在她的脸上。

陆岩说：“一切有我。”

不论当年发生了什么，有他在。

陆岩很少会有这么深情的时候，那一双眼睛，像是旋涡一样吸引着许禾往下坠。

墓地里声响微弱，江毅带着的几个人围着陆岩和许禾站着，看着像是在防止他们逃跑，其实心思早都飘去了古墓里。江毅倒是负责，坐在离陆岩不超过一米的地方，他拿着手绢，正在擦刀刃。

在这个可以算得上放松的氛围中，没人注意到背后原先空无一人的沙漠里，忽然蹿出来五个人影。

“什么人？”江毅反应过来的时候，宋银带着人都已经到了近前了。

“岩哥，接着！”宋银高喝一声，将一把刀抛给陆岩。

刀子在半空划出一道弧线，稳稳落进陆岩手里。陆岩当机立断，扶着许禾肩膀旋身提起一脚踹开挡在身前的男人。

“站远些！”陆岩护着许禾，挡开江毅劈过来的一刀，“去没人的地方。”

“你自己小心！”许禾脸色微微发白，她弯着腰从混乱的人群中脱身，“保护好自己！”

她话才刚说完，就见一个男人龇着牙往她这边冲过来，她边躲边摸那瓶防狼喷雾，眼看那人狞笑着到了跟前，她紧咬牙关，将藏在身后的喷雾猛地拿出来一连喷了三四下。

那人根本没想到她身上还有这样的东西，一时不察导致眼鼻口全中招，顿时双眼泪流不止，又是打喷嚏又是咳嗽，呼吸道像是呛了魔鬼辣椒水一样难受。他看不见，许禾又是踢又是踹轮番上阵，他根本不知道许禾下一脚会踹到哪儿，只能在地上打滚。

许禾打完人，捡起那人掉在地上的弩弓。

她不会用弩弓，坐在地上着急忙慌地摆弄了半天，不知道碰到了哪里，没给她一点反应弩箭“嗖”地射了出去，吓了她一大跳。

那支箭刚好射向混战的人群，许禾脸都白了：“陆岩小心！”

陆岩抓着江毅的手腕拧到背后，膝盖往他膝弯里撞，把他撞得半跪下去，才跪下去，那支箭刚好扎进了他的腹部。

“嘶……”江毅咬牙，突然暴起，将陆岩甩开。

陆岩被甩得倒在一边。

地面石子尖锐，划破了陆岩胳膊上的皮肤。他先前有只胳膊受了刀伤没好，摩擦之下，纱布里渗出了鲜艳的红，染脏了身上的白T恤。

“陆岩！”许禾喊了一声。她托着弩弓，在瞄江毅。

人一紧张，手抖腿也抖，许禾盯着抖个不停的弩弓，有点无力。

许禾握紧拳头，强迫自己稳住心神，再次瞄准江毅。

没用，还是在发抖。

江毅已经翻身压在陆岩的身上，提拳想往死里揍下去。陆岩忽然抬腿踹向江毅，江毅极快地躲开，去抓陆岩那只受伤的手臂。

纱布被血浸透，陆岩猩红着眼，牙关咬得紧紧的，一脚踹在江毅腹部。江毅吃痛，退开三四步。

徐光和宋银看到陆岩被血糊满的胳膊，顿时大惊：“岩哥！”

陆岩头也没抬地应了句：“没事！”示意他们自己顾好自己要对付的人。

宋银边踹人边骂，一边气喘吁吁一边气急败坏：“我去……杀千刀的李子川怎么还不来！”

实际上，他们在联系完市局后不久，就听陆岩说许禾可能有危险，于是几人先一步进了沙漠，只留了李子川一个人在克什村等援军。他们其实一直跟在李坤等人后面不远，就怕许禾遭遇什么不测。

一开始他们藏在沙漠里，直到现在看到人变少了才出来。

徐光虚弱地笑了下："老宋，别骂了，留着点力气帮我打个人吧，我不行了……"他嘴角带伤，血顺着嘴角往下滑，说话一抽一抽地疼。

"闭嘴吧老哥，一个男人说什么不行？"宋银抓着人，一拳一拳往人家肚子上招呼，"对了，还记得咱们之前和岩哥并肩作战的时候吗？就这样……"他说着又抡起一拳，甩了过去，"岩哥就是这样，把一个盗墓贼打得中午吃的饭都吐得只剩清水了……"

徐光摇摇晃晃地站起来，露出一个笑："记得，岩哥那时候贼暴力，当时场面那叫一个震撼，几个兄弟没一个敢眨眼的，可佩服死我了！"

陆岩后背靠着石壁，他从裤子口袋里摸出一卷被捂得发热的纱布，一圈一圈缠在手臂上，动作细致又认真，最后死死打了个结。

"你很会打。"江毅盯着自己冒血的腹部，喘了两口气。

陆岩没说话，他丢了刀摘了表，活动了几下脖子和手指，神情肃穆，就连投在地面的影子都透出一股危险的气息，整个人像头即将暴怒的兽。可这样浑身充满了侵略气息的陆岩却微微扭头，冲许禾笑了一笑。

许禾坐在地上一颗心剧烈地跳动，然后她看着陆岩跟江毅厮打在一起。

拳头和肉体接触发出闷响。

就在这时，许禾恍惚间听到了洞口传来动静。

一群人叫喊着从里面出来，个个身上挂着彩。

最先出来的是独眼，他的眼罩不知道去哪儿了，露出一只可怕的泛着浊白的眼睛。他身上全是血，一只手臂上扎着支长长的箭矢，却在癫狂地大笑：“哈哈哈哈哈，坤爷，你没想过自己也有被算计的一天吧？”

独眼身后还有几个人，都像是从鬼门关走了一遭似的，脸上残留着后怕。

李坤也挂了彩，但是血迹不多，有人为他挡了机关。

许禾看他们这样也大概猜到他们什么也没找到，反而为此折了不少人。

陆岩把江毅揍得站不起来，自己抹了把脸上的血，怕吓到他的姑娘。

他们这些守着外面的人和那些进了古墓后出来的人神情竟然惊人的相似，就像是两部主角不同的电影，剧情却大同小异。

独眼懒得管外面是什么情况，他只知道这一刻心里爽爆了：“坤爷，这叫什么？用你们文明人的话……哦，对，你对我不仁，我就对你不义。你这么对我和我的兄弟，我就把你的人拉下水，咱们谁都别想好过！”

他之前被踢下古墓，顺着石阶滑到了底。古墓里别有洞天，里头很大很空旷，只是黑得伸手不见五指，他点了火看了，里面空荡荡的什么也没有，只有两扇紧闭的城门，城门也需要虎符打开。他还没碰到城门，反而不小心触动了机关，差点被箭射个对穿。于是他联合了之后被丢进来的兄弟，自导自演了一出戏，故意扯着嗓子说话让声音传出来，好把李坤的人骗下来。他是真没想到，李坤自己也下来了。这就叫什么？天道好轮回，苍天饶过谁！

李坤一张脸气得狠狠抽动几下，唇上一圈胡子抖个不停，他伸出手指着独眼：“你……你……”真的被气到了，“你”了半天，又开始剧烈地咳嗽起来。

“坤爷，”楚路给李坤拍背顺气，“好歹摸清了古城门，也不是没有收获。”

“晚了。”陆岩说。

他手里举着制作精良的弩弓。

他的身边，站着六个人，个个神情严肃。

他们背对着太阳，万千光芒披在身上。

TA XIANG FENG YI YANG ZI YOU

第十章
你还不来亲我吗?

一时间，气氛仿佛凝固了。

李坤瞪着一双眼睛，越看越觉得陆岩像一个人。

他嘴唇嚅动了几下，半晌才发出声音：“你……”

陆岩拉了拉嘴角，到了这一刻，心里那个疤痕才算真正愈合。

李坤像是想起了什么，脸色有些难看：“你……你是……”

那两个名字，他念不出来。

许禾帮他说了：“他是陆成岭和宋芝的儿子。”

一瞬间，李坤的表情五彩缤纷。

许禾盯着李坤那张脸，这么多年过去了，他没变什么，只多了几道皱纹，可就是这样才更可恨。

许昕然如果没死，当年那些人如果没死，都该是这个样子。

许禾忍不住开口："你背着那么多条人命，晚上睡得着吗？他们不会来找你吗？为什么当年死的不是你而是那些无辜的人？

一个接一个的质问，让李坤脸颊抽动，他眼里布满了红血丝，看起来有些狰狞。

许禾眼眶酸涩，她明明什么都没做此刻却像是闻了生的洋葱一样觉得鼻腔发冲。

陆岩现在不能哭的那一份，她替他。

除了她，谁都不知道陆岩有多委屈。

她想说，以后她会一直陪着他，他缺的爱，她给他补上。

陆岩嗓音低哑："你欠我的，我先拿利息。"

他举着弩弓，对准了李坤的一条腿。

李坤霎时觉得两腿打战，一时竟不知怎么办才好。

"雷管呢？炸药呢？"李坤抓着楚路的手，"东西呢？"

楚路有点为难："一部分遗落在古墓里，一部分被他们拿走了。"

宋银手里钩着个背包："你在找这个吧？不好意思，没收了。"

话说间，一支箭已然破空而出。

一刹那，李坤跪了下去，他的右腿上，赫然留下一道箭伤。

“坤爷！”楚路脸色发白，连忙去看他的伤势。

就在这时，沙漠里传来骆驼奔跑的声音，那声音很大，像是有好几匹骆驼同时奔跑。

许禾一回头，瞳孔骤然收缩：“快闪开！”

冯癞子带着人冲了过来，正是对着他们所在的方向冲！

陆岩一行人一躲，就被冯癞子抓到了机会，他从驼背上一弯腰，抓起李坤就走。三儿跟在后面，带走了楚路，被剩下的一干人这才开始紧张。

冯癞子、三儿等人向着不远处胡杨林的方向逃去，下一刻，剩下的人才猛然回神去找拴着的骆驼。

在沙漠里，水有多珍贵，骆驼就有多珍贵。

独眼对着李坤的背影吐了口口水：“呸，就是这么个玩意儿！”狠起来了连自己的兄弟都可以不要。

陆岩眸光沉沉，对宋银、徐光等人说：“你们在这儿等着，保护好许禾！”

他牵了一旁正在休息吃草的骆驼迅速追了过去。

下一秒，李子川的声音在不远处响起：“宋银！徐光！”

宋银大喜：“援军到了！快，快去追！在那边林子里！”

李子川身后那一队从市局调来的人个个表情严肃，一半人很快赶着骆驼过去了，另一半人留在这儿处理剩下没来得及逃走的人和保护古墓。

李子川从骆驼上下来就开始吐槽："就那姓冯的家伙，我在来的路上碰到了他们，没想到他们跑得这么快！"

徐光指了指自己身上的伤口："川子你自己看看，你来得有多晚？"他这副模样简直是亲爹妈都不认识了。

李子川摆摆手，指了指旁边说："队里那个小同志半路中暑了，没办法，你当我不想早点来呢？我可一直担心着禾姐的安全。还有，你之前是不是骂我了，我一路打了好几个喷嚏！"

徐光摇头："我可没那闲工夫，是宋银骂的你。"

宋银已经处理好了身上几处稍显严重的伤，现在正盯着许禾给那个中暑的小同志抹清凉油，压根没想到战火会蔓延到自己身上，他看着看着就被人从身后来了个"锁喉"，简直猝不及防。

许禾处理完后，喊了个人过来："把他带去那边阴凉地方休息吧。"

她刚要起身，就被小同志拉住了手。

小同志目光躲躲闪闪，有些羞赧地说："谢谢你许医生，你长得真好看，我……"

照这个发展，下一步就是要联系方式了。

李子川眼睛瞪圆，跳出来敲他的脑袋："不要命了？连我们陆队的墙脚也敢撬？”

小同志臊红了一张脸，结结巴巴地说：“对……对不起，我不知道。”

李子川拍拍他瘦弱的肩膀，语气慈祥地道：“你放心，我不会把这事告诉陆队的。”

不远处的胡杨林，有风吹动叶子，发出沙沙的声响。

许禾感受着吹拂过脸庞的风，心情前所未有的平静。心有灵犀似的，她一睁眼，就看到一个骑着骆驼的高大身影缓缓从林子里走出。

黄昏时分，夕阳如火，那人一点点朝她走近。

他脸上溅染了血迹，斑斑点点的，顺着脸庞冷硬的弧线往下滴，白色T恤早已经脏得不能看，重新包扎过的手臂又渗了血，整个人看起来炸裂般的帅。

许禾不由自主地打起精神，她这几天一直处在紧绷状态，人一放松疲惫就涌了上来。

陆岩在她面前停下，从骆驼背上翻身下来：“我给了他们一个交代。”

他身后的警察手里抓着绳索，绳索的末端绑着几个人，那些人脸色灰白，也慢慢走近了。

许禾知道他口中的“他们”是谁，是他的父母，她的姑姑，还有当年那几十个无辜的游客。

“你真厉害。”许禾夸他。

她轻轻托着他那条血迹斑斑的手臂，纱布被刀子割裂了，露出本就没好的皮肉。

“你疼不疼啊？”许禾哽咽。

陆岩单手把她抱进怀里，搂得紧紧的。

他将脑袋枕在她左肩，微微偏头，在她那截白皙的脖子上落下一个吻。

“不疼。”

古城留了市局的人守着，李世海带的考古队也已经在赶来的路上了，之后具体该怎样做还得上报到国家文物管理局才能知道。

到此，这事终于才算告一段落。

出了沙漠，许禾还没来得及喘上一口气，一抬眼，就见曲沉阴着脸站在路口。

他身上还穿着下班后没来得及换的西装，一向打理得一丝不苟的头发乱成一团，只有腕表泛着的银光还稍微有点平时的气势。

见到人来，曲沉上前一步指着许禾劈头盖脸就是一顿骂：“姓许的我告诉你，以后要做什么都别找我，我要是年纪再大点迟早被你弄出心肌梗塞！”

他从几天前到现在一直提着口气，饭也吃不好觉也睡不好，这会儿狠狠喘了口气觉得有力气了又开始接着骂："我之前怎么说的？让你别来你非要来，你说你出事了让我怎么跟叔叔阿姨交代？他们就你一个女儿，到时候得多心疼？"

见许禾面上一派平静，始终不语，曲沉怒吼一声："说话！"

许禾装不下去了："行了，人都在呢，回去再骂。"

曲沉一口气差点上不来："你！"

"别气别气，我这刚出来人还难受着，"许禾拍拍他的背，"再说了，我不也好好地站在这儿？"

曲沉打掉她的手，双眉一拧："你难道还想横着出来？"

他那晚觉得事情不对，连夜飞到了滨海，等了一天才报警，要不是陆岩先前在找许禾当随行医生时跟市局里登记过档案，他还真不一定能找到这儿来。

曲沉绕过许禾，看向一群灰头土脸的男人："谁是陆岩？"

陆岩就站在最前，一身血污，他朝曲沉伸出手："是我。"

曲沉象征性一握："陆队，久仰，我家小禾在这边蒙你照顾，多谢了。"

他把"蒙你照顾"四个字咬得很重。

如果不是陆岩，许禾根本不会遭遇这些。

陆岩双眸海一样深邃，情绪没有半点外露，只是在听到"我家小禾”时稍微皱了下眉。

曲沉在商场上也是个有头有脸的人物，察言观色这门本领早已练得炉火纯青，对此他十分满意：“陆队，之后没什么事的话，我就带她回去了。”

许家那边被他一直瞒着，也幸好最近医院里来了一位病人，病例十分特殊，才拖住了许家父母，否则这事早就闹得天翻地覆了。

陆岩看向许禾。

许禾忍不住道：“曲沉，你别太过分了啊。”

曲沉连看也不看她，继续自顾自跟陆岩说话：“陆队，后会有期。”

眼看陆岩一张脸黑了下去，许禾忍不住了：“哥！”

这一声下去，双方剑拔弩张的气氛顿时消散。曲沉恨铁不成钢：“你个糟心丫头……”

陆岩瞬间缓和了脸色。

许禾拉着曲沉：“我还要再待两天，你先回去吧。”

这次回去不知什么时候才能再见到陆岩，她想多留会儿。

曲沉觉得脑袋疼：“回什么回？你不跟我回去，我就待在滨海办公！”

曲沉说到做到，当天就订了酒店坐着市局的警车回了市区。

他打定了主意，许禾一天不走，他也一天不走。

目送警车离开克什村，许禾仰起小脸去看陆岩："你别介意，我跟他从小一起长大，他就等于是我爸妈的亲儿子、我的亲哥哥一样。"

陆岩侧头，右手抚上她的脸，神色柔和温声说："我没生气。"

三天后。

两辆越野车一前一后行驶在崎岖不平的路面，耐磨轮胎擦着地发出刺耳的噪音，大开着敞风的窗外仿佛还能看到戈壁石被太阳照着发出来的晶莹的光。

身后大漠黄沙，身前朝阳东升。

经过一个岔路口，越野车灵活地右拐。

大约一个小时过去，原本开阔的视野逐渐变得狭窄起来，眼前矗立着一座座形状奇特的石壁。这些石壁有高有低有大有小，密密麻麻的散落在一片平地上，迷宫一样，很有一种海军战舰群的即视感。

这是一片无人区。

任谁也不会想到，独眼他们这些人竟是在荒凉的无人区生活了好几年。

车开到这里就不能再往前了，一行人从车上下来。

脚下不再是软绵绵的沙子，许禾一时竟有些感慨。

光头被宋银和徐光抓着，给他们指路。

在石壁中间歪七扭八地转了半个钟头后，李子川忍不住了，拍了光头一掌："你是不是在玩我们呢？"

光头欲哭无泪，抱着脑袋苦了一张脸："我没有，就是要穿过这片地方。都这个时候了，我哪还敢骗你们啊？"

陆岩从石壁上跳下来，稳稳落地："行了川子，是这么走没错。"

他站在石壁上看过了，这片迷宫一样的石壁群还有十来分钟就能走出去了。

又过了一会儿，众人才觉得视线重新开阔起来。

光头老实得不行，主动招认说："到了。"

李子川忽然指着某个地方："难怪我们先前死活找不到他们的驻地，没想到他们根本是住在石头缝里啊，你们当自己是孙悟空？"

许禾跟着看过去，前方是一座说高不高的山，这座山光秃秃的，只有山脚零星生长着矮草。

李子川指着的地方，就是山的右面，那儿有一处石缝，缝隙不宽，只可容纳一人通过。

陆岩站在裂缝口，里头太暗一眼看不到底，他把许禾护在身后："排好队慢慢走，都小心点。"

许禾这段时间经历过太多，看到这样的场面已经能做到心如止水了。她拉着陆岩的衣角跟着他的脚步往前走，走了几步，她的心思就被另一道风景吸引了。

陆岩微微掀起的衣角下，属于男人紧实的皮肉正泛着蜜色光泽。

有人说，女人的细腰会让男人产生电击的感觉。这话其实也可以反过来用，男人的腰，同样也会让女人产生电击的感觉。至少这一刻，许禾是真切地体会到了什么叫作全身过电。

她鬼使神差地，松开了牵他衣角的手，去触摸近在咫尺的肌肤。指尖停留在他皮肤上的那一瞬。她明显感觉到陆岩浑身一僵，脚步不由自主停住了。

许禾撞上他后背时，才意识到自己做了什么事。

身后传来宋银紧张的声音：“岩哥？怎么了？有机关？”

他已经被李坤那伙人从古墓出来后的惨状吓到了。

陆岩喉结滚动，忍不住干咽了下：“没事。”

周围太过紧仄，谁也没看见许禾的手贴在他腰上，有种莫名的刺激。她忽然起了玩心，贴近陆岩耳朵轻轻地说：“陆队，看路的时候别分心。”

陆岩闭了闭眼，把她的手从衣服里拉出来，抓在手里握紧了，声音喑哑着：“别闹。”

许禾有些遗憾：“好吧。”

没过多久，陆岩停下了。

缝隙的最里头是一个洞窟，这不是普通的洞窟，而是被人精心凿出来的，墙壁平整光滑，上面用热情的颜色刻画了满满的图案。

这竟然也是古人留下的一处遗址，不过是不是高古人留下的就不得而知了。

这小半座山里共有十三个洞窟，一个连着一个，都被独眼等人用来当成了卧室住。

李子川和宋银带着人在搬运独眼在里面藏着的文物，陆岩就在外面打电话：“对，新发现了一处遗址，地址在……”

滨海，晚上九点整。

房间里只亮着一盏夜灯，窗帘遮挡住外界，浴室里传来淅淅沥沥的水声。

很快，那声音停下了，接着玻璃门被打开。

许禾穿着香槟色吊带睡裙，大片光滑的肌肤暴露在空气中。

“咚咚咚——”

规整有力的三声响，仿佛能想象到门外人屈起手指认真叩门的样子。

她打开门。

陆岩站在门口微垂着眼帘不知在想些什么，他换了身宽松的短袖短裤，露出肌肉紧实的胳膊和小腿，手上的手臂也被妥善处理过了，重新包好了纱布，脸上还留着两天过去仍然没有消除完全的青紫伤痕，听到了声响才抬头。那一瞬间，他眼里划过一抹暗色，喉结上下滚了几滚。

许禾刚洗完澡，皮肤白嫩得像是剥了壳的鸡蛋，领子开得极低的真丝睡裙贴在身上，一低头就能看到一些不该看的东西。

他口干舌燥，视线微移：“怎么不擦头发？”

许禾一头湿漉漉的长发拢在身后，发尖上凝结出一颗一颗水珠，沾湿了后背的衣料。

他伸手，把她的头发抓在手里，顺势往前一步，带上了房门，然后去找电吹风。

插头插上，“呼啦”的声响传遍了整个房间。

陆岩动作轻柔地抓着她的头发，从头皮到发根，一下一下，谁也没说话，温情在其间缓慢流淌。

终于，吹风机的声音消失了。

墙上的挂钟分针指向“2”和“3”之间。

许禾微微后仰，靠着陆岩坚实的胸膛：“明早几点起？”

明天陆岩要去参加市里举办的表彰会。

陆岩手指顺了顺她的长发：“八点。”

表彰会九点开始。

许禾从椅子上站起来，面对着陆岩，眼里映出的那张脸五官锋利，眉眼却温柔。

许禾摸着他的脸：“我明天不能去看你了，我爸妈催我回家。”她嗓音淡淡的，有如和煦的微风。

她的确出来太久了，不用猜也知道曲沉之前在家里帮她扯了多少次谎。

陆岩点头。

许禾又说："想看你穿警服的样子。"

陆岩身高腿长，穿警服一定特别帅。

他喉咙动了动，凝视着许禾："会见到的。"说完，不等许禾再问，低头噙住了她的唇。

许禾的手从他衣摆里钻进去攀到他的腰来回摩挲。他腰部劲瘦，因为常年锻炼没有一点赘肉，往前还能摸到坚硬的腹肌，令人欲罢不能。

陆岩亲了好一会儿才放开她，声音不稳道："别摸了。"

许禾不听。

"许禾。"

"……"

"你知道你在做什么吗？"

"……"

陆岩浑身紧绷，理智被逼到了顶点。

他想抽烟，可她不许。

她明天要走，同样是九点。

许禾的手钩到了他的裤沿。

陆岩一把抓住她的手腕，语气加重："别闹了。"

许禾抬起脸，暗淡的光线下，她半边脸藏在黑暗里："我们要分开了。"

陆岩松开她的手，抱她进怀里："我知道，我很快就会去找你。"

许禾倚着他，亲了一下他的下巴。

陆岩呼吸微滞："你累了，先去睡一觉。"

许禾点头，利落地从他怀里退出来，自己往床上一躺，还捂嘴打了个哈欠："好吧，那我睡了。对了，我明天就走，给你准备了一份礼物，就在那边柜子里。"

陆岩疑惑："是什么？"

他往前几步，打开柜子。

柜子里安安静静地躺着一盒"安全套"。

许禾靠着枕头看着他，眸光晶亮亮的，哪有睡意?

她狡黠地眨眨眼："你还不来亲我吗？"

许禾醒来时，陆岩已经走了。

半边被窝是凉的，看样子走了有一会儿了。

她爬起来，迟钝地闻到了粥菜香味。

粥盒下面压着一张字条，简单写了四个字：吃完再走。

许禾笑了下，洗漱完一勺勺把粥喝完。简单的榨菜和白粥，她从没觉得有这么好吃。

刚刚换好衣服，房门就被敲响了。

许禾的行李在机场丢了，所有东西都是现买的，如今身上就一个单肩包，倒也落得轻松。

关上门，许禾说：“好了，走吧。”

曲沉走在她身边：“什么时候把人带回去？”

许禾手插口袋，弯腰上了车：“看他什么时候调回帝都。”

这些天发生的事情曲沉已经听许禾说过了，一时间对陆岩的偏见也消失了大半。

车子缓缓启动，将酒店抛在身后。

九点整，许禾开始排队登机。

同一时间，陆岩一身蓝黑色警服，身材笔挺，站在科尔木村文物保护警队七个位置的首位。

九点半，飞机起飞。

滨海市李局亲自给陆岩送上一枚奖章。

冗长的表彰会结束后又是一场饭局，陆岩喝完李局敬的酒，脑海里在想许禾现在是不是也在吃饭？

宋银走过来，搭着陆岩的肩膀:“岩哥，来，我们兄弟敬你一杯！”

他身后跟着保护队里另外六名队员，李子川、徐光……

李子川抹了把眼泪：“我们知道你肯定会申请调回帝都，以后再见面就难了。”他很感伤，“你以后有空一定要来看看我们，带着禾姐一起。”

陆岩一走，原先的科尔木村文物保护队即使之后能够聚齐，也少了灵魂。

六个一米八几的汉子，个个憋红了眼。

陆岩只觉喉中艰涩，半晌，他郑重地举杯：“干。”

众人就像是执行队长以前发布的命令，动作一致地齐齐举杯：“干！”

入了秋，天气开始变换，帝都的小雨下个不停。

中心医院里，许禾被慌乱的脚步声吵醒。

现在是午休时间，她凌晨才做完一台手术，好不容易可以放松会儿，就开了电视。

滨海那座古城将重见天日，不少记者顶着风沙也要去采访。

场面闹得很，许禾居然在这样的情况下睡着了。

她单手撑着眉骨醒了醒神，就听见实习小护士在外敲门：“小许医生，小许医生！”

许禾打开门：“怎么了？”

小护士神情焦急：“有个女病人被她老公砍了三刀，你快去看看吧！”

许禾皱眉，关上门就往外走，边走边问：“她老公呢？”

小护士一听，差点咬碎了一口银牙：“跑了！现在外面警察正满市区抓呢！你说这种人渣，怎么就能下得了手呢？那可是他老婆啊！”

许禾冷笑：“你也说了他是人渣，人渣能有什么事干不出来？”

几个小时后，“手术中”三个字的灯牌熄灭。

许禾舒了口气，她满手鲜血，任由助理脱去身上的手术服。

一开门，几位女方家属面色惨白地围上来，病人的父母嘴唇都在颤抖，神色无助迷茫。

小女孩拉了拉她的衣角窃窃问：“医生，我妈妈怎么样了？”

许禾拍拍她的肩：“没事了，一会儿就能转去病房。”

她闻着自己身上的血腥味，忽然想起了陆岩，想起了惊心动魄的那段日子。

许禾拿洗手液来来回回洗手，直到手上被搓得泛红才停下。她盯着镜子里的自己，因为睡眠不足导致眼底青黑，一张脸惨白，唇色极淡，要不是化了淡妆，她看起来会比这更憔悴。

就在这时，兜里手机响了，她擦干手摸出手机来看也没看就放到了耳边：“喂？”

对面没有说话，只有浅浅的呼吸声传来。许禾却一下子反应过来了：“陆岩？”

她一手插在白大褂兜里往洗手间外走，笑着问："大忙人怎么有空给我打电话了？"

陆岩调职通知近期应该要下来了，在这之前暂时还待在滨海。

他那边也在下雨，雨声不大，点点滴滴地敲在心上。

陆岩也笑，嗓音混杂着雨声显得沙沙的："想你了。"

许禾被这三个字击中心脏，顿时觉得精神了，顺势揶揄道："吃蜂蜜了，嘴这么甜？"

小护士拿了她的查房表找过来，隔着几步远的距离小声说："小许医生，到时间了。"

许禾点点头，带着小护士下楼准备去查房："好了，不跟你说了，我……"

她还没说完，就见医院正门口有个人站在雨里，右手打着伞，左手拿着手机贴在耳畔，一身笔挺的警服。

伞檐下，露出一张熟悉的脸。

身后是人声喧哗，身前是两相静寂。

这个瞬间，仿佛永恒。

全文完

番外一
落叶归根

李子川发来消息，说村长过世了。

许禾难得有一天假期和陆岩是对得上的，当时还躺在他怀里赖着不肯起床。

葬礼就在三天后，两人一商量就都请了假。

村长儿子、儿媳都已故去，他们这些被村长当成儿子照顾的得去看看他。

当天，许禾跟陆岩飞去了滨海。

重新踏上这片地方，许禾心底一片安宁。

李子川和宋银开车来接人，紧赶慢赶当晚到了科尔木村。

离开几个月，科尔木村荒凉了许多。村子里人本就不多，保护队的人一解散，就更冷清了。

村口的胡杨树从绿色变成黄色，沉默而坚挺，仿佛是在无声地捍卫着这片地方。

保护队的警察全都来了，同来的还有队里当时招的一些人，个个都穿着黑衣。

罗纳在棺木前跪灵，那个天真的孩子仿佛一夜之间长大了。

陆岩蹲下来，拍拍罗纳的肩膀。

只这一个动作，罗纳忽然就哭了，哽咽着埋进陆岩怀里："陆叔……"

村长一走，意味着他真的成了一个人。

许禾看得难受，再坚强的心也化成了水，干脆去外面吹吹风。

天一冷，鸽舍里的鸽子都窝着不愿意动，四下安静。

村尾的木板房没有拆，一切还如同那时一样，许禾靠着沙枣树等陆岩过来。

她一低头，发现树根处的沙地上映着一排排石子写的字，字迹工整规矩，是罗纳写的。

半刻钟后，陆岩迈着步子过来了，就站在她身旁："怎么不进房间等？"

许禾缩了缩脖子："没事，也不是很冷。"

陆岩把外衣披在她身上："罗纳知道了。"

"什么知道了？"

"你给村长看病的那一天，他听到了。"

许禾一怔，抬眼看他："你是说，他那时候就知道村长活不久了？"

"是。"

"可怜的孩子，命运对他太残忍。"

许禾裹了裹衣服，靠在陆岩肩头："我来之前想了想，我想把罗纳带回去。"

陆岩温柔地抬手顺她的长发："嗯。"

他也是这么想的，带罗纳离开，送他去学校，让他未来有选择的机会。

三天后，村长的棺木被陆岩和几个兄弟抬着出了门。

罗纳捧着照片，不住地抹眼泪。

村民也都来送了，个个神色悲恸，都穿着白丧服，在他们看来，这个村子里的人都是一家人。

在所有人的注目下，棺木入土，落叶归根。

TA XIANG FENG YI YANG ZI YOU

番外二
见家长

陆岩拎着各种礼品上门时，正是大年三十。

鞭炮声化去了帝都的清冷，到处一片喜色。

他按了门铃，来开门的就是许禾。

许禾难得穿了件艳色的衣服，更显得皮肤洁白。她半张脸藏在毛衣领子里，眼神清澈澄明，看着格外精神。然而她还没说话，身后就传来她妈妈徐莹的声音：“是小岩来了啊？快进来，外边冷！”那热情的语气让许禾恍惚间觉得自己才是一个外人。

这是陆岩第一次来许家，他抿了抿唇："阿姨，新年好。"

徐莹笑弯了眼，拉着陆岩的手："你说来就来，还带什么礼物，这真是……"

徐莹对陆岩显然很满意，一直没合拢嘴。

许禾的爸爸许康从鼻子里哼出一声，往沙发边挪了挪。

他这一挪动，就挨到了许老爷子。许老爷子眉毛一竖："你干什么，女婿上门板着脸像什么话？"

陆岩朝他们这边点点头："爷爷好，叔叔好。"

许康又哼了声，不冷不热地说："你好。"也不知道是在生什么气。

徐莹瞪了许康一眼，亲热地拉着陆岩坐下："来，小岩，别理你叔，先吃点水果，饭马上就好了。"

有关陆岩的事情许禾一早就跟家里说过了，包括之前撒谎说去丘吉尔城旅游最后却去了滨海这件事也已经坦白过。

许康对陆岩印象其实很不错，但嘴上不承认，也不愿意跟他说话，眼睛干脆紧紧盯着电视屏幕。屏幕上正在放一部肥皂剧，情情爱爱的他根本看不下去，于是一直梗着脖子。

许老爷子也不管他，比起儿子，孙女婿更让他在意："小岩啊，会下棋吗？"

陆岩点头："会。小禾说您喜欢下棋，我特意托人做了一副汉白玉棋盘，一会儿我跟您下一盘？"

许老爷子连连称好。

许康抽了抽嘴角："投机取巧。"

许老爷子不满意了，立刻瞪圆眼睛："你说什么呢？别以为我年纪大就耳背！"

三个男人一台戏，看得许禾忍不住发笑。

徐莹把许禾拉进厨房，母女俩在这方小空间忙碌。

过了会儿，客厅里传过来一阵阵爽朗的笑声，徐莹炒菜的动作停了，也跟着笑了笑："小禾啊。"

许禾正在择菜，闻言抬头道："怎么了？"

徐莹把八宝鸭盛出来，语重心长地说："小岩一个人过得苦，你以后要多疼他。"

许禾扭头看了看客厅，柔和了目光："我知道。"

其实，许禾不知道的是——

在那个不起眼的日子里，陆岩遇到他，从此世界里不再只有黑暗。

山回路转、柳暗花明之后，他的生命又多了一层意义。

TA XIANG FENG YI YANG ZI YOU

后 记

话痨作者的碎碎念

最近大麦总喜欢在我们“小花育婴室”玩耍，于是整个办公室的作者一有空就在撸猫。

这个时候就要感叹一句：手感真的很好啊！

嗯，摸完大麦，感觉码字更有动力了！

话到这里，就来说说这个故事吧。

第一次写这种类型（其实我也不知道是个啥类型，因为一开始给我定的是公路文题材，结果写完一看，跟公路实在也没啥关系），心里很没有底，写作过程也很艰难，经常卡文，好歹有惊无险地写完了。之前准备细纲时，也翻阅查找了很多资料，细纲字数也是所有写过的文里字数最多的一个了，尽管需要注意的地方都标注了，写起来依然心很慌，毕竟自己没有过这方面的经验。

写这篇文时，我自己心态其实并不好，一路崩了不知道多少回，白天写不出来字，晚上拼了命补字数。我一度认为自己写得烂，甚至觉得自己可能不适合写小说，很压抑也很痛苦，多亏了若若姐一直为我加油，才让我坚持下来，真的很感谢。

总之，过去的就不提了，现在我心态很好，哈哈哈！

我完稿了我完稿了我完稿了，哈哈哈！

放肆大笑 .jpg。

原地转圈 .jpg。

悠然喝茶 .jpg。

交稿后看什么都顺眼了，世界真美好啊！

子非鱼

大鱼文化&小花阅读
面向全国招聘兼职签约作者
长期有效哦！

公司介绍：

大鱼文化是中国一线青春文学图书策划公司，多年来与数十家国内出版社深度合作，每年向市场推出三百余个品种的青春类畅销图书，每年签约推出新人作者近百名。

其中公司子品牌“小花阅读”立足传统纸质出版，引导青年休闲阅读风向，主力打造和发掘新人创作者，采用编辑指导创作模式，创作出适合市场的优质阅读产品。

现面向全国各高校，招聘兼职新作者。

我们的工作说明：

还未毕业？有其他正式工作？看清楚了，我们这次招的就是兼职！

从未有过发表史？国内一线青春编辑亲自教你点滴成文！

想要出版一本属于自己的图书？国内一线出版公司专业签约护航！

想要一份收入稳定岁月静好的兼职工作？做做白日梦写写小说最适合不过。

兼职的要求及待遇：

年龄不限，学历不限；爱看小说，想要创作。

每天只要2~3个小时，日过稿只要三千字，宅在室内，风雨不惊，月兼职收入不低于三千元！

我们需求的题材 | 清新恋爱，青春校园，都市言情，甜宠萌文，古风言情，悬疑推理，奇幻武侠，科幻冒险……

应聘的流程：

1. 上网下载一份标准简历模版，按自己的真实情况填写。
2. 自行构思一个自己最想创作的长篇故事内容，撰写三百字内容简介，将故事分为12~20个章节，每个章节用100字以内说明本节讲述的主要情节。（内容简介和章节内容加起来不超过2000字）
3. 将1和2的内容用WORD文档整理好，格式干净清楚，一起发送到以下邮箱：dayuxiaohua@sina.com （两周内百分之百回复，如两周内未收到回复则可视为发送途中邮件丢失，可再次投递）。
4. 简历和创作大纲如有合作可能，公司将于两周内派出专业编辑一对一联系，进行下一步沟通，指导创作、签约等流程。如暂时不符合合作条件，则可再次努力。
5. 一经签约，作品将按国家出版法签订标准出版合同，成为正式出版物，所有程序遵守国家法律法规要求。

其他说明：

了解大鱼文化图书产品风格类型，有助于提高签约成功率。

了解途径：

公司产品广布于全国各大新华书店青春文学专架、全国各大网络书城、淘宝大鱼文化图书专营店及各大天猫书店

微信公众号**“大鱼文学”**和**“大鱼小花阅读”**均有签约作者作品试读。

关注新浪微博官方号“大鱼文学”，有每月产品即时消息发布。

图书在版编目（C I P）数据

他像风一样自由 / 子非鱼著. -- 贵阳：贵州人民出版社, 2019.5
ISBN 978-7-221-15235-0

Ⅰ. ①他… Ⅱ. ①子… Ⅲ. ①长篇小说－中国－当代
Ⅳ. ①I247.5

中国版本图书馆CIP数据核字(2019)第070572号

他像风一样自由

子非鱼 / 著

出版统筹：陈继光
选题策划：大鱼文化
责任编辑：唐　博
特约编辑：雪　人　娄　薇
装帧设计：Insect　西　楼
图片绘制：卜若梨
出版发行：贵州人民出版社（贵阳市观山湖区会展东路SOHO办公区A座　邮编：550081）
印　　刷：长沙鸿发印务实业有限公司
开　　本：880×1230毫米 1/32
字　　数：169千字
印　　张：9.125
版　　次：2019年5月第1版
印　　次：2019年5月第1次印刷
书　　号：ISBN 978-7-221-15235-0
定　　价：36.80元

贵州人民出版社微信

版权所有 盗版必究。举报电话：策划部0851-86828640
本书如有印装问题，请与印刷厂联系调换。联系电话：0731-82755298